Josis wilde Welt

Mit Skateboard und Spion auf geheimer Mission

Uticha Marmon, geboren 1979, studierte Dramaturgie, Literaturwissenschaft und Pädagogik in Mainz, Wien und München. Sie arbeitete als Theater-Dramaturgin und war einige Jahre als Lektorin und Regisseurin bei einem großen Hörbuchverlag tätig, ehe sie sich selbstständig machte. Seitdem schreibt sie Kinderbücher, produziert als Dramaturgin und Regisseurin Hörbücher und Hörspiele und engagiert sich in der Lese- und Zuhörförderung.

Uticha Marmon

Josis wilde Welt

Mit Skateboard und Spion auf geheimer Mission

PLANET!

Für Sonja (ohne die Josi nicht Josi wäre)
und ihre fabelhaften Geschwister.

FRAU BULETTE, OHDÖFAMM UND BAMBULE

»Tschüss, Josephine!«, ruft Papa durch den Flur.

»Nummer fünf, Thorsten!«, antworte ich, weil es schon das fünfte Mal ist, dass er Tschüss sagt. Die ersten vier Mal musste er an der Tür umdrehen, weil er irgendwas vergessen hat.

»Du sollst mich Papa nennen. Und denk an den Plan!«, ruft Papa.

»Ja-ha«, rufe ich zurück. »Und du mich Josi, wie jeder vernünftige Mensch«, murmle ich.

Ich werde den Teufel tun, das jetzt laut zu sagen. Weil er dann garantiert umdreht und mir die alte Geschichte erzählt, von wegen Josephine ist ein Name mit Geschichte und viele berühmte Frauen hießen Josephine, ja, ja. Dabei könnte ich wetten, Papa kennt nicht eine einzige. Höchstens vielleicht Josephine Baker. Die hat vor garantiert hundert Jahren gelebt und bei Partys für die Leute getanzt. Was Papa dabei natürlich nicht erzählt: Sie hatte immer ziemlich wenig an.

Josephine Baker spielt aber auch gar keine Rolle. Weil Papa mich (auch, wenn er das nie zugibt) nach einem Lied benannt hat. *Hello Josephine* heißt es. Ganz viele Leute haben es gesungen. Der Wichtigste davon ist Elvis. Zu dem komme ich später. Jetzt ist es erst mal wichtig, dass Papa endlich geht. Sonst kriege ich einen Vogel. Dann muss ich ihn nämlich doch noch zur U-Bahn oder zumindest bis ins Erdgeschoss und vor die Tür begleiten, damit er pünktlich bei der Arbeit ist.

Ich soll an den Plan denken? Vielleicht sollte Papa mal selber all seinen Kram im Kopf behalten, statt sich in meine Sachen einzumischen. Apropos Plan: Ich gucke den Zettel in meiner Hand an, dann die beiden Kisten, die vor dem Bett auf dem Boden stehen.

Blaue Kiste: gute Ideen.

Rote Kiste: schlechte Ideen.

Ich klappe die rote Kiste auf und werfe den Plan hinein. Dann knalle ich den Deckel wieder zu, ohne den Inhalt der Kiste überhaupt eines Blickes zu würdigen. Ich weiß ja schon, was da drin ist. Nichts. Nichts, nichts und noch mal nichts. Außer Papas Josi-muss-heute-dies-und-das-Plan natürlich. Den braucht er vielleicht, damit er durchblickt, wenn er von der Arbeit kommt. Aber ich brauche ihn nicht. Ich habe auch so den Durchblick. Immer. Darum ist es auch besser, den Plan zu beseitigen, bevor er alles durcheinanderbringt. Papa wird bestimmt traurig sein, dass er weg ist. Er hat ihn sich ja gerade erst mühevoll ausgedacht. Und das, obwohl Pläne ausdenken gar nicht so sein Fall ist. Genauso wenig, wie es mein Fall ist, mich an sie zu halten.

»Tschüss, Josephine!«, ruft er schon wieder aus dem Flur. Was er wohl diesmal vergessen hat? Vermutlich hat er sogar das vergessen.

»Nummer sechs … Thorsten!«, antworte ich. Papa seufzt, dabei hat er nun wirklich keinen Grund dazu. Dann fällt die Wohnungstür ins Schloss. Endlich!

Mein Papa ist der tollste Vater der Welt, aber er ist auch sehr, sehr anstrengend. Wenn er mich nicht hätte, wüsste er wahrscheinlich morgens beim Aufstehen nicht mal mehr, wie er heißt. Wirklich wahr. Er vergisst einfach alles überall. Seinen Geldbeutel im Broilergrill. Den Hausschlüssel auf dem Küchentisch. Die U-Bahn-Monatskarte ausgerechnet in der Jacke, die er gerade in die Waschmaschine gesteckt hat. Seine Pomade in meiner Brotdose (fragt mich nicht, wie die da reingekommen ist, aber seitdem riechen alle Stullen nach Kokosnuss, weil Papas Pomade aus Kokosfett gemacht ist). Pomade? Kennt ihr nicht? Ist so was wie Haargel, nur von früher. Und total hip bei Papa und seinen Kumpels von den Pancakes. Aber wo war ich? Ach ja, genau: bei Papas Vergesslichkeit.

Er hat tatsächlich schon mal einen Turnschuh in unserem

kaputten Fahrstuhl liegen gelassen. Wen wundert es da also, dass er sogar meine Mutter vergessen hat? Irgendwo in der Berliner Nacht ist sie ihm abhandengekommen. Behauptet er zumindest. Ach, Papa!

Das ist auch etwas, das er sehr gut kann. Sachen behaupten, die klingen wie ein Märchen. Meistens macht er das aber nicht, damit die anderen sie glauben. Nein, die Märchen sind für ihn selbst. Weil Papa davon überzeugt ist, dass ein zurechtgeschummeltes Märchenleben schöner ist als das echte.

Okay, ich gebe zu, er hat mich damit angesteckt. Seit ich sprechen kann, denke ich mir mindestens so viele Geschichten aus wie er. Nur, dass meine spannender sind. Mit Aliens. (Die gibt es wirklich, lasst euch da bloß nichts anderes erzählen!) Oder mit anderen seltsamen Wesen. Meistens hat Captain J mit ihrem Raumschiff *The Blitz* die aber unter Kontrolle.

Das ist der Unterschied zu Papa. Die Märchen-Schummelei geht bei ihm immer nur eine Weile gut. Und plötzlich kriegt er einen Rappel und nimmt sich vor, von jetzt an nur noch knallharte Fakten zu akzeptieren. Was dabei dann herauskommt, sind so bekloppte Pläne wie der Josi-muss-heute-dies-und-das-Plan. Das ist nämlich das wirkliche Problem an der Sache. Nicht dass Papa so gerne in seiner eigenen Welt lebt, das habe ich im Griff. Aber sobald er sich für die Wirklichkeit entscheidet, sieht es für mich schlecht aus. Diese knallharten Fakten, die Papa dann im Kopf rumschwirren, sind nämlich fast immer irgendwelche Aufgaben für mich. Er kommt dabei selten vor.

Ich starre auf die beiden Kisten vor mir und warte. Zähle bis zehn. Die Wohnungstür bleibt zu. Gut, dann hat er es diesmal wohl geschafft. Und ich kann mich endlich mit den wirklich wichtigen Dingen befassen. Wie zum Beispiel dem Mittwochsklatsch.

Ich muss dringend los zu Frau Bulette in den Broilergrill, um ihr die alten Klatschzeitungen vorbeizubringen, die ich jeden Mittwoch nach der Schule bei Köfte Kalle im Kiosk abstaube. Mittwochabend kommt die neue Lieferung, da muss alles raus, sagt Kalle. Und Frau Bulette liebt Klatsch. Aber Frau Bulette ist auch geizig. Darum wartet sie lieber, bis der Klatsch schon eine Woche alt ist, bevor sie ihn liest. Das meiste, was in den Zeitungen steht, ist sowieso nicht wahr, sagt sie. Darum ist es auch total egal, ob sie es eine Woche zu spät erfährt. Ich frage mich ja, warum sie es dann überhaupt liest. Vielleicht, damit sie sich über die Seiten mit der Mode und den Schönheitstipps ärgern kann.

»Wer soll denn det anziehn?«, meckert sie immer. »Det passt ja nich mal meinem linken Bein. Wejen det viele Stehen, vastehste, Josi?«

Das mit dem Stehen ist bloß eine Ausrede. Ja, klar, sie steht wirklich den ganzen Tag hinter der Theke im Grill. Aber darum geht es nicht. Frau Bulette würde sich doch überhaupt nicht wohlfühlen in schicken Kleidern. Ich habe sie noch nie in was anderem gesehen als in ihrer Kittelschürze voller Fritteusenfett.

Was allerdings die Seiten mit den Schönheitstipps angeht, da meckert sie einfach nur, weil es ihr so viel Spaß macht. Wenn sie genug gemeckert hat, liest sie die dann nämlich doch und merkt sich alles ganz genau.

»Man kann ja nie wissen, wann man det mal braucht«, behauptet sie immer. Dabei weiß sie es ganz genau. Einmal in der Woche, und zwar immer donnerstags, hat Frau Bulette ihren freien Nachmittag. An dem bleibt der Broilergrill zu. Dann sind wir in ihrer Wohnung, die direkt über dem Grill liegt, und machen Schönheit.

»Bjuhtih«, sagt Frau Bulette, und so wie sie es ausspricht, muss man schon dreimal überlegen, bis man raushat, dass sie Englisch spricht. Was Frau Bulette meint, ist Beauty, also Schönheit. Dafür sollen all die Gurkenscheiben und der Quark und das Eigelb-Bier-Gemisch, das die in den Zeitschriften anpreisen, schließlich nützlich sein. Ich kann da allerdings nichts erkennen, wenn ich den Kram benutzt habe. Zumindest keinen Unterschied zu unseren Gesichtern vor dem Schönheit-Machen.

Das Beste an den Klatschzeitungen sind übrigens die Parfümproben. Die probieren wir immer gleich mittwochs aus und stinken dann den ganzen Laden voll, sodass die Stammgäste im Broilergrill am liebsten an der Tür wieder umdrehen würden, wenn sie nicht solchen Hunger auf Fritten und Hähnchen vom Spieß hätten. Hähnchen sind das Hauptgeschäft von Frau Bulette, ist ja klar. Sonst müsste der Broilergrill ja Schinkenknackergrill oder so heißen. Was? Versteht ihr nicht? Ach so, ihr kennt keine Broiler! Broiler sind dasselbe wie Hähnchen, nur eben die aus Berlin. Keine Ahnung wie Hähnchen zum Beispiel in München heißen. Bei uns sind es jedenfalls Broiler. Und auf die haben die Stammgäste im Broilergrill logischerweise am meisten Lust. Von denen traut sich also keiner, sich über unsere Parfümproben zu beschweren. Wer weiß schließlich schon, ob Frau Bulette einen dann nicht rauswirft und das war's mit dem Stammgastdasein?

Man könnte jetzt fragen, wer darauf überhaupt so scharf ist. Also auf das Dasein als Stammgast, wo doch der Broilergrill garantiert der älteste und frittenfettstinkigste Imbiss ganz Berlins ist. Aber das ist kein großes Geheimnis: die Hähnchenbrüder.

Das sind der Köfte Kalle, der Manni und Jannis. Hähnchenbrüder haben die sich übrigens selbst genannt. Frau Bulette und mir würde ein so bekloppter Name gar nicht einfallen. Apropos Hähnchenbrüder, Kalle und so: Ich muss los.

Ich schnappe mir die Zeitungen, die ich vorhin schon abgeholt habe. Diese Woche ist es nicht so viel, nur drei Hefte.

Kalle hatte einen Lauf, hat er gesagt. »'n Lauf beim Verkauf! Da guckst du, Josi, was?!«

»Nö«, habe ich geantwortet, weil ich das nicht so richtig zum Staunen fand.

»Nicht?«, hat Kalle sich gewundert.

»Nein. Das liegt am Lohn«, habe ich ihn aufgeklärt. Ist doch klar. Weil heute der Dritte des Monats ist, haben alle, die bei Kalle Klatsch kaufen, wieder Geld.

»Ach«, hat Kalle gesagt. Mehr nicht, aber ich glaube, er hat angestrengt nachgedacht. Damit das nicht so auffällt, hat er den Teller mit den Köfte, die man bei ihm neben den Klatschheften, Süßigkeiten, Getränken, Feuerzeugen, Büroklammern, uralten Ansichtskarten und allem andern nützlichen und unnützen Kram kaufen kann, neu sortiert.

Köfte sind türkische Buletten. Keine Ahnung, wie Kalle darauf kam, die zu verkaufen, wo sein Kiosk doch nur zwei Häuser vom Broilergrill entfernt ist, in dem sogar eine Bulette hinter der Theke steht. Vielleicht liegt es daran, dass er Karim so gerne mag. Und der macht eben die besten Köfte im ganzen Kiez. Aber die kann Kalle nicht alle alleine essen, weil er ja auch täglich zu Frau Bulette zum Essen kommt.

Ich stopfe den dünnen Stapel in meinen Turnbeutel und renne mit dem Skateboard unter dem Arm aus der Wohnung. »Bambule!« steht in roten Glitzerbuchstaben auf dem knallgelben Stoff. Das ist mein Motto. Bambule ist, wenn man alles, was man tut, mit einem *Bääm!* macht. Wild und laut und bunt und lustig. Bambule eben! In dem Bambule-Beutel habe ich alles, um mich aus einer komplizierten Notlage zu befreien. Bis jetzt gab es die noch nicht, aber man weiß ja nie. Und für den Fall der Fälle will ich ausgerüstet sein. Ich meine, vielleicht landen ja doch irgendwann mal Aliens bei uns im Kiez, auch wenn alle außer mir das für unwahrscheinlich halten. Aber wenn man von vorneherein nicht an Sachen glaubt, passieren sie einem auch nicht. Oder eben doch, weil es sie gibt, und es ihnen ganz egal ist, ob man an sie glaubt. So wie die Aliens. Und hinterher bin ich dann die Einzige, die vorbereitet war.

Heute sind allerdings keine Aliens unterwegs. Auch sonst ist niemand da, das Treppenhaus ist leer.

Der Fahrstuhl ist mal wieder kaputt. Alles wie immer also. Ich sprinte die fünf Stockwerke runter, zur Haustür raus, brettere auf meinem Board einmal quer über den Platz und zur Tür vom Broilergrill wieder rein.

Elvis begrüßt mich mit einem schmalzig gesungenen *Love me tender*.

Nicht der echte Elvis natürlich, nee, der ist ja schon längst tot. Papa hat Frau Bulette so eine Klingel eingebaut, bei der man selbst bestimmen kann, welchen Ton sie macht. Und Frau Bulette hat bestimmt, dass ihre Klingel wie Elvis singt. Weil alles, was bei Frau Bulette Geräusche macht, von Elvis ist. Ihr Wecker. Ihr Telefon. Ihr Duschradio … »Sogar der Vogel in ihrem Kopf«, sagt Papa, wenn wir alleine sind. Das meint er aber nicht böse. Papa findet Elvis auch toll. Und einen Vogel haben hier sowieso fast alle. Ich nicht so. Also das mit Elvis. Vogel habe ich auch keinen. Ziemlich sicher.

»Der Klatsch ist da!«, rufe ich über Elvis hinweg, springe hinter die Theke und umarme Frau Bulette.

»Achtung, Josi!«, begrüßt sie mich und schwankt leicht.

»Also, ehrlich, Frau Bulette«, schimpfe ich. »Du musst wirklich was an deiner Standfestigkeit tun.«

Frau Bulette lacht und wischt sich die Hände am Hintern ab. »Und du an deinem Schwung. Mensch, Manni! Wat sage ick da. Nüscht musste machen, Josikind. Bist doch eins a, so wie de bist. Und den Klatsch haste ooch dabei. Da jeht doch gleich die Sonne uff in meiner dunklen Hütte.«

Ich nicke und breite die Zeitungen auf der Theke aus. Sofort bildet sich ein dunkler Fleck am oberen Rand des einen Hefts. Vermutlich saugt das Papier gerade einen Rest Ketchup oder so auf.

Frau Bulette runzelt die Stirn.

»Wat denn, nur drei? Hat der Kalle seinen knauserigen Tag?«, beschwert sie sich.

»Nee, Frau Bulette«, sage ich schnell. »Heute ist der Dritte. Los! Zeit zu stinken.« Ich blättere das oberste der drei Hefte durch und suche das Parfüm.

»Ohdöfamm«, sagt Frau Bulette, als ich die richtige Seite gefunden habe und sie das Briefchen heraustrennt.

»Wie bitte?«

»Det is Französisch, Josi«, erklärt Frau Bulette. Aber was es bedeutet, weiß sie wohl auch nicht. Ist ja schon ein Wunder, dass sie das überhaupt aussprechen kann. Geschrieben wird es nämlich ganz anders. *Eau de Femme* steht da. Aber Frau Bulette wird schon recht haben.

Jedenfalls reißt sie das Briefchen auf und tupft das Ohdöfamm erst sich selbst in den Nacken und auf die Handgelenke und dann mir.

»Puuuh«, mache ich.

»Uuuh«, macht Frau Bulette. Ohdöfamm gewinnt wahrscheinlich viele Parfümpreise. Aber es ist das Schlimmste, was wir seit Langem probiert haben. Wer kauft sich so was denn bloß freiwillig?

»Ich glaube, dagegen hilft nur eine ordentliche Portion Pommes, Frau Bulette«, schlage ich vor.

Frau Bulette nickt. »Na, det will ick meinen.« Und schon macht sie sich an der Fritteuse zu schaffen. Ich setze mich auf die Arbeitsplatte zwischen die Würzschüssel für die Pommes und einen Rest Krautsalat und betrachte die Blumenwiese auf Frau Bulettes Frittenkittel. Lila und gelb. Zumindest waren die Blumen das früher mal. Ziemlich früher! Jetzt sind sie eher grau und beige.

»Und?«, will Frau Bulette wissen, als ich gerade anfange, die grauen Blumen zu zählen.

»Was und?«

»Na, biste uffjeregt?«

»Ach so. Nö.« Und das ist die Wahrheit. Im Gegensatz zu Frau Bulette. Dass sie vor Aufregung fast platzt, kann ich sogar ihrem grau-beigen Blumenrücken ansehen.

»Hach, det wird bestimmt wieder 'ne Knallersause!«, sagt sie und wiegt sich ein bisschen in den unter all den Blumen und ihrem Hüftgold nicht zu sehenden Hüften. Hüftgold ist ein Geheimwort dafür, dass Frau Bulette selbst ihre beste Kundin ist und tagein, tagaus am liebsten Pommes und Buletten isst. Deshalb ist sie eben so rund wie eine Bulette. Da ist der Name Programm. (Auch, wenn sie eigentlich Frau Köfte heißen müsste, weil es im Grill ja nur Hähnchen gibt und sie darum immer mal schnell zu Kalle rüberflitzt.)

In Wirklichkeit heißt Frau Bulette Annemarie Bolle. Aber der Name ist so gut wie Geschichte, seit die Hähnchenbrüder und ich sie eines Tages Frau Bulette getauft haben. Nur Manni bekommt manchmal seinen Nostalgischen. Dann guckt er sich die Fotos an, die Frau Bulette im Broilergrill aufgehängt hat. Auf denen ist sie in ihrem ersten Beruf zu sehen. Bevor sie den Frittenkittel angezogen hat, hatte sie nämlich Abend für Abend eher wenig an. Nicht ganz so wenig wie Josephine Baker, das nun wirklich nicht! Das wenige von Frau Bulette war zwar auch meistens mit Blumen verziert, aber die waren nicht lila und gelb, sondern golden und silbern und schwarz und manchmal auch rot wie die Liebe und haben im Scheinwerferlicht geglitzert. Überhaupt war Frau Bulettes Beruf damals ein einziges Glitzern und Schillern. Sie war nämlich Tänzerin in einem Varieté.

Wenn Manni die Fotos ansieht, denkt er nicht nur daran, wie er nach den Vorstellungen am Garderobenausgang auf Frau Bulette gewartet hat. (Das erzählt er auch ganz gerne mal.) Er denkt dann überhaupt an früher und findet, dass damals alles besser war. Das passiert zum Beispiel, wenn er allzu lang im Broilergrill beim Stammtisch war. Dann ist Frau Bulette plötzlich wieder »die Annemarie«. Wartet man noch ab, bis nach dem nächsten Getränk, wird sie zu »det Annemiechen«, und wenn er dann noch etwas tiefer ins Glas schaut, nennt er sie »mein Mietzeken«, was hier bei uns in Berlin so viel heißt wie »kleine Katze«. Dann ist der Stammtisch allerdings sofort zu Ende, weil Frau Bulette schlechte Laune kriegt und Feierabend macht. Dabei ist Manni doch einfach nur knallverliebt in sie. Aber mit der Liebe hat Frau Bulette es nicht so. Außer bei Elvis.

Die Knallersause, die Frau Bulette meint, ist übrigens der Auftritt der Pancakes in zwei Tagen beim Kiezfest. Der ganze Kiez steht auf die Pancakes. Das sind immerhin drei Geradeaus- und zwei Querstraßen bis zu den Schienen der Straßenbahn. Aber das war es dann leider auch schon mit den Fans. Weil sonst überhaupt keiner jemals was von Papas Band gehört hat. Es ist ja auch nicht so, dass er und seine Kumpels die Einzigen hier bei uns in Berlin sind, die die Idee hatten, sich mit Kokos-Pomade in den Haaren hinzustellen und Songs zu spielen, die schon so alt sind, dass man sogar vom Zuhören graue Haare kriegt.

Höchstwahrscheinlich sind die Pancakes aber die beste von all den Pomadenbands. Ich meine, sie müssten von mir aus nicht unbedingt Elvis und solchen Kram spielen. Aber trotzdem ist es zum Aus-der-Haut-Fahren, dass Papa einfach Papa ist. Wäre er das nicht, dann würde er es vielleicht endlich mal hinkriegen, ordentlich Werbung zu machen. Und zwar über unsere drei mal zwei Kiezstraßen hinaus. Aber so hängt er nicht mal bei uns im Kiez ein Plakat auf, das Werbung für die Knallersause macht.

»Wenn man was will im Leben, dann muss man sich auch dahinterklemmen.«

»Wat haste jesagt, Josi?«, fragt der blumige Bulettenrücken, weil Frau Bulette ihre Vorderseite noch immer der Fritteuse zuwendet.

»Was?«, frage ich.

»Wat de eben vor dich hin jemurmelt hast, will ick wissen.«

Ach so. Habe ich also mal wieder gemurmelt und es gar

nicht gemerkt. Ich glaube wirklich, die Hähnchenbrüder und die Pancakes und all die schrägen Fritzen, die im Broilergrill ein und aus gehen, färben langsam auf mich ab.

»Och, bloß, dass eben von nix auch nix kommt.«

Frau Bulette wiegt nachdenklich den Kopf, während sie die Pommes aus der Fritteuse holt.

»Kluges Mädchen«, brummelt sie mit ihrer vom Kiez und den vielen Stammtischen schnarrig gewordenen Stimme vor sich hin, als sie die Pommes in die Würzschüssel kippt.

Ich nicke, weil damit alles gesagt ist, und schlage die Schönheitstipps auf, die nach der Seite mit dem Ohdöfamm kommen.

Da fängt Elvis an zu singen. Und gleich darauf ertönt eine Stimme:

»Puh, stinkt das hier!«

Ich schnappe nach Luft. Frau Bulette dreht sich langsam von der Fritteuse zur Tür und macht große Augen. Und ich auch. Denn der, der da in der Tür steht, der ist neu.

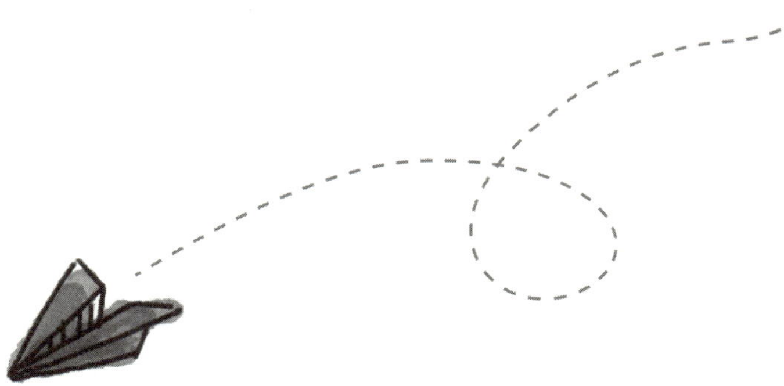

DER NEUE, EINMAL ALLES UND DIE FRIKADELLE

Wenn ich sage, der ist neu, dann meine ich das auch so. Funkelnagelneu ist der. Jedenfalls, was unseren Kiez angeht. Den haben wir noch nie gesehen, was so gut wie gar nicht sein kann im Broilergrill. Abgesehen davon: Wie frech war das denn, bitte schön?! Mensch, Manni!

Kommt hier neu, wie er ist, reingestiefelt und sagt als Erstes, dass es stinkt?

Ich meine, der hat ja recht. Aber so was sagt man doch nicht! Und wenn, dann sagt man wenigstens noch was Nettes hinterher. Pöbeln darf man, aber wenn, dann höflich. Meint zumindest Papa. Und ich finde, da ist was dran.

Hätte der Neue also zum Beispiel »Puh, stinkt das hier, ihr Hübschen« gesagt, dann wäre das doch gar nicht so schlecht gewesen. Dann hätten Frau Bulette und ich nämlich schon am Ende des Satzes vergessen, dass da irgendwo von Gestank die Rede war. Weil wir uns so hübsch gefühlt hätten, dass so ein bisschen schlechter Geruch ganz egal gewesen wäre. Aber der Junge mit der Basecap, der jetzt von der Tür zur Theke kommt, beherrscht die Kunst des Pöbelns offensichtlich nicht.

Frau Bulette erholt sich schneller von dem Schreck als ich.

»Na, wenn det so stinkt«, sagt sie, »auf der anderen Seite der Tür is frische Luft.«

Ha! Das nenn ich mal einen Bulette-Rauswurf. Jeder andere würde auf dem Absatz kehrtmachen und zusehen, dass er wegkommt. Weil Frau Bulette in solchen Fällen einen Ton draufhat, der nicht von schlechten Eltern ist.

Aber der Neue bleibt einfach stehen. Bleibt stehen und starrt die Speisekarte an, die über der Fritteuse an der Wand hängt, so als würde er sie auswendig lernen wollen. Allerdings wäre er dann ziemlich langsam im Auswendiglernen. Frau Bulette hat nämlich nur fünf Gerichte im Angebot. Grillhähnchen vom Spieß, Grillhähnchen vom Spieß mit Pommes, Pommes klein, Pommes groß und heiße Apfeltasche zum Nachtisch. Nicht mal eine Currywurst gibt es bei ihr. Braucht aber auch keiner.

»Um 'ne Currywurst zu kriegen, muss man in Berlin bloß einmal lang hinschlagen«, sagt Kalle immer. Das bedeutet, dass an jeder Ecke eine Wurstbude ist. Aber ein ordentliches Grillhähnchen vom Spieß, dafür muss man schon bis zu Frau Bulette in unseren Kiez fahren.

Dass die Karte so kurz ist, bedeutet übrigens nicht, dass

man für sein Geld nichts bekommt. Im Gegenteil, Frau Bulettes Portionen sind so groß, dass schon einmal Pommes klein ausreicht, um für den Rest des Tages mit einer Futterkugel rumzulaufen. Das kann der Neue aber nicht wissen. Er ist ja neu.

»Ich nehme einmal alles«, sagt er, als ich schon gar nicht mehr daran glaube, dass er sich irgendwann entscheiden wird.

»Äh«, sagt Frau Bulette. Zu Recht. Einmal alles kann im Broilergrill kein Mensch schaffen. Aber auch das weiß der Neue nicht. Er guckt Frau Bulette an und wartet. Frau Bulette guckt ihrerseits den Neuen an und wartet auch.

»Sie will wissen, wie du das meinst«, helfe ich aus.

»Hä?«, macht der Neue. »Na, wie soll ich das schon meinen? Einmal alles eben. Grillhähnchen vom Spieß, Grillhähnchen vom Spieß mit Pommes, Pommes klein, Pommes groß und heiße Apfeltasche zum Nachtisch. Wie es da steht. Ach, und eine große Cola.«

»Bitte«, murmele ich. Nicht dass ich selbst dauernd Bitte und Danke und so sagen würde. Darum erwähnt Papa ja auch immer das mit dem höflichen Pöbeln. Aber wenn jemand so aufdringlich unfreundlich ist, dann kann ich einfach nicht anders.

Der Neue tut so, als hätte er mich nicht gehört. Aber das hat er. Weil er nämlich die Augenbraue hochzieht.

Frau Bulette hat sich inzwischen wieder gefangen und erklärt: »Nimm's mir nich übel, aber det wirste nich schaffen. Det hat noch nie eener jeschafft.«

»Dann bin ich also der Erste«, antwortet der Neue. Er sieht zufrieden aus.

Auch Frau Bulette guckt plötzlich sehr zufrieden, weil in ihr die Geschäftsfrau durchkommt. Sie denkt daran, dass nicht nur noch nie jemand alles auf einmal geschafft hat. Es hat auch noch nie jemand alles auf einmal bestellt. Aber alles auf einmal heißt, dass die Kasse klingelt.

Also fragt Frau Bulette nicht weiter und macht sich an die Arbeit.

»Na, denn setz dir«, sagt sie und deutet mit dem Kinn auf den Stammtisch. Der Hähnchenbrüdertisch? Ehrlich?

»Aber …«, will ich Einspruch erheben. Umsonst.

Dem Neuen sind die Hähnchenbrüder egal oder – was wahrscheinlicher ist – er kennt sie gar nicht. Er zieht seinen Rucksack ab und setzt sich. Ich bleibe bei Frau Bulette hinter der Theke und beobachte ihn. Eins ist klar: Der ist nicht nur neu, der kommt quasi von einem anderen Stern.

Erstens sieht sein Rucksack ziemlich teuer aus. Teure Sachen hat in unserer Gegend eigentlich schon deswegen kaum jemand, weil er sie vermutlich ziemlich schnell wieder los wäre. Sozusagen auf der Straße an den Nächstbesten verliehen. Wobei die Leute, die sich hier im Kiez neue

Sachen ausleihen, eher nicht aus einer unserer Geradeaus- und Querstraßen kommen, sondern von was weiß ich woher, weil hier kennt ja jeder jeden. Außerdem haben sie die Eigenschaft, die ausgeliehenen Sachen nicht wieder zurückzugeben, sondern sie zu verscherbeln. Jeder, der hier wohnt, weiß das. Was also dafür spricht, dass der Neue nicht hier wohnt.

Zweitens packt er jetzt doch tatsächlich ein Handy auf den Tisch, das genauso neu ist wie er und bestimmt noch teurer als sein Rucksack, was hier schon gleich dreimal keiner tut.

Es gibt noch eine einzige Chance, jetzt alles richtig zu machen. Eine letzte. Aber … nein, auch die ignoriert der Neue. Denn drittens – und damit hat er sich definitiv verraten – fragt er Frau Bulette nicht danach, ob er bei ihr ins Netz kann.

Es ist nicht so, dass das jeder hier im Kiez fragen würde. Denn jeder hier weiß, dass Frau Bulette selbstverständlich kein Internet hat, weil sie nichts davon hält, dass irgendwer am anderen Ende der Welt dann genau weiß, was im Broilergrill so vor sich geht. Sagt sie. Ich bin nicht sicher, ob sich am anderen Ende der Welt überhaupt jemand für den Broilergrill interessiert. Aber Frau Bulette ist fest davon überzeugt, dass man gar nicht vorsichtig genug sein kann.

Das hat Gründe. Die gehen den Neuen aber ganz sicher nichts an. Und sie interessieren ihn wohl auch nicht. Er fragt nämlich ganz einfach deshalb nicht nach Frau Bulettes Netz, weil er fremdes Netz nicht braucht. Der fängt doch glatt mit seinem eigenen Netz an, auf dem Handy einen Film zu gucken.

Ich schnappe mir einen Spüllappen und tue so, als würde ich die Theke sauber machen. Dabei versuche ich zu erspähen, was er da guckt. Dummerweise ist die Theke ziemlich hoch. Ich kann nichts erkennen, egal wie sehr ich mich verrenkte.

»*Neugier ist keine Sünde. Aber wir sollten sie mit Umsicht walten lassen*«☆, sagt da auf einmal der Neue zu seinem Handy.

»Wie bitte?«, platze ich heraus und würde am liebsten den Kopf auf den Tresen hauen, weil ich mich verraten habe.

»Dumbledore.« Der Neue klickt den Film weg und steckt das Handy ein.

Allerdings sieht er dabei gar nicht so lässig aus, wie er klingt. Im Gegenteil. Es ist total klar, dass keiner mitkriegen soll, was er da gerade angeguckt hat. Ich zumindest sicher nicht.

Aber so einfach wird der mir nicht davonkommen. Ich muss meinen Fehler ausbügeln. Der hält mich für neugierig? Na, warte.

»Frau Bulette«, flöte ich.

Frau Bulette, die gerade das bestellte Grillhähnchen vom

☆ Das hat Jonas sich nicht selbst ausgedacht. Das sagt Dumbledore in *Harry Potter und der Feuerkelch*. Aber Josi kennt Dumbledore nicht.

Spieß auf einen Pappteller schiebt, guckt mich komplizenhaft an. Die Show kann beginnen.

»Ich gehe mal nach hinten und hole einen neuen Putzlappen. Der hier macht es nur noch schlimmer«, sage ich, als wäre Fettbeseitigung meine größte Leidenschaft. Zumindest hoffe ich, dass der Neue das glaubt.

Frau Bulette nickt und rückt dem Hähnchen mit der Geflügelschere auf den Leib.

Durch den Perlenvorhang neben der Arbeitsplatte verschwinde ich ins Hinterzimmer. Zwischen Frau Bulettes Kühltruhe, den Instrumenten der Pancakes und allem möglichen anderen Krempel in Kisten und Regalen steht ein abgewetzter Sessel. Darauf habe ich früher, wenn Frau Bulette nachmittags auf mich aufgepasst hat, meinen Mittagschlaf gemacht. Und wie oft ich abends hier war, wenn die Pancakes geprobt haben, kann ich gar nicht mehr zählen. Der Sessel ist meine Insel. Immer noch.

Ich setze mich hin und schlage das Klatschheft auf, das ich unauffällig habe mitgehen lassen. Einen neuen Lappen holen? Denkste. Aussitzen und nervös machen, so lautet der Plan. Will man mehr über jemanden herausfinden, muss man so tun, als wäre man kein bisschen an ihm interessiert. Dann wird er irgendwann nervös. Und wer nervös ist, der kann einem nichts mehr vormachen.

Woher ich das weiß? Von Papa. Zugegeben, das ist auch

gleichzeitig der Haken an der Sache. Papa wendet diese Taktik nämlich schon seit einer Ewigkeit bei Sofia an. In die ist er unsterblich verliebt. Aber Sofia wird einfach nicht nervös. Papa sagt, sie lässt ihn bloß zappeln, weil Frauen nun mal so sind. Darum sitzt er die Sache eben weiter aus. Papa ist gut im Aussitzen von Sachen. Ich glaube, Sofia liebt Papa einfach nicht. Allerdings ändert das ja nichts daran, dass die Taktik an sich funktioniert, wenn man sie wirklich beherrscht. Das ist alles eine Frage des Timings.

Wie lang ich wohl noch hier rumsitzen muss, bis der Neue anbeißt? Es ist ganz schön langweilig hier drin. Das Klatschheft kann wie immer auch nicht so richtig viel. Keine Ahnung, was Frau Bulette an diesen Geschichten über Partys und Könige und Filmstars so toll findet. Ich schlage das Heft zu. Auf der Vorderseite guckt mich so ein dürres Model mit einem Blick wie drei Tage Regenwetter an. Das ist Absicht, weil das wohl interessanter ist, als zu lächeln.

Daneben sind ein paar kleinere Bilder. Angeblich sind das der Enkel der Königin von England, eine Frau, die irgendeine Medaille gewonnen hat, und ein Mann, der mit dem griesgrämigen Model gesehen wurde. Ehrlich? Mit dem Kerl würde ich mich selbst bei allerschlechtester Laune nicht blicken lassen. Steht da wie so ein richtiger Lackaffe, in weißer Jeans und weißem T-Shirt neben einem silbernen Angeberauto und guckt, als gehöre ihm die Welt.

»So, der Herr!«, höre ich Frau Bulettes Stimme von vorne. »Einmal allet, wie jewünscht. Na denn, juten Appetit!«

Ich lege das Heft zur Seite und schleiche mich zum Vorhang. Tatsache! Da sitzt der Neue vor einem Riesenberg Essen und futtert, als gäbe es kein Morgen. So unterernährt sieht der doch gar nicht aus. Aber das Grillhähnchen ist schon zur Hälfte weg.

»Wenn du glaubst, es macht mich nervös, dass du da hinter dem Vorhang stehst und mich beobachtest, hast du dich geirrt«, sagt er auf einmal seelenruhig zwischen zwei Pommes. »Kannst rauskommen. Diese Taktik zieht bei mir nicht.«

Der hat mich durchschaut? Donnerwetter, da habe ich ihn also unterschätzt.

»Jetzt komm schon raus da, ich kann es nicht leiden, wenn man mir Löcher in den Rücken glotzt.«

Ich bin so überrumpelt, dass ich mache, was er sagt.

»Abhaben kannst du aber nichts«, informiert er mich, als ich zu ihm an den Tisch trete.

»Keinen Hunger«, murmele ich.

»Also, was willst du wissen?« Er nagt an einem Hähnchenschenkel.

»Ich?« In meinen Gedanken sage ich noch mindestens hundertsiebenundsechzig Wörter mehr, aus denen man zum Beispiel Sätze wie *Nichts, was denkst du eigentlich, wer du bist?* bilden könnte. Normalerweise würde ich genau das jetzt fragen. Die Butter vom Brot nehmen lasse ich mir nämlich nicht. Weil ich aber aus mir unerfindlichen Gründen den Mund halte, bleibt nur eine Frage: Was ist hier bitte schön los?

»Ja, du«, sagt der Neue mampfend. »Oder siehst du außer uns beiden und der Frikadelle hinter der Theke noch jemanden hier?«

»Bule-«, will ich ihn korrigieren, aber das ist ja gar nicht das eigentlich Wichtige. »Woher weißt du ...?« Da fällt mir auf, dass er mich ausgetrickst hat. Dieser Kerl ist einfach höllisch schlau. Ich habe ihm doch selbst verraten, wie Frau Bulette heißt! Vorhin, als ich mich ins Hinterzimmer verdrückt habe.

»Ich sehe schon, das wird wohl nichts.« Mit zwei Bissen stopft er sich die Apfeltasche in den Mund. Der Teller ist leer. Kann man das fassen?

Der Neue trinkt in einem Zug die Cola aus, wischt sich die Hände an seinem Pulli ab und zückt sein Portemonnaie.

»Was bekommen Sie?«, fragt er Frau Bulette. Die Geschäftsfrau in ihr kommt eilig hinter der Theke hervor.

»Det macht dann ... äh!« Der Anblick des leeren Tellers bringt sie für einen Moment aus der Spur. Dann reißt sie sich zusammen. »Elf Euro dreißig, wenn et beliebt.«

Der Neue runzelt die Stirn. Na bitte! Ich sage doch schon immer, dass Frau Bulette ihre Hähnchen zu billig verkauft.

Aber das scheint nicht der Grund für das Runzeln gewesen zu sein. Der Neue zieht einen Schein aus der Geldbörse.

»Ich habe es leider nicht kleiner«, sagt er und streckt Frau Bulette ungelogen einen Hunderter entgegen. Aus meiner Kehle kommt ein komisches Geräusch. Der Neue zuckt nicht mal mit einer Wimper.

»Nee, also …«, sagt Frau Bulette. »Det kann ick nich wechseln. Äh … vielleicht fragste mal bei Köfte Kalle nebenan im Kiosk.«

Der Neue steckt den Schein zurück. »Kann ich machen. Oder … geben Sie Kredit?«

»Nein, macht sie nicht!«, rufe ich. Der kommt doch niemals wieder, und dann bleibt Frau Bulette auf »Einmal alles« sitzen. Aber die Geschäftsfrau in ihr ist wohl genauso überrumpelt wie ich. Darum nickt sie und flitzt hinter die Theke, um einen Bierdeckel zu holen. So macht sie es auch immer bei den Hähnchenbrüdern. Da schreibt sie dann den Namen drauf und wie viel derjenige ihr schuldet. Die Hähnchenbrüder schulden ziemlich viel. Und jetzt auch noch der Neue! »Einmal alles« treibt Frau Bulette ganz sicher in den Ruin!

»Name?«, fragt sie und leckt ihren Bleistift an, damit er besser schreibt. Das ist total ungesund, aber das interessiert Frau Bulette nicht.

»Jonas«, sagt der Neue.

»Jonas, also«, flüstere ich.

»Jonas«, notiert Frau Bulette. »Elf Euro dreißig. Aber morgen is Zahltag.«

Jonas nickt, steckt den Hunderter wieder ein und nimmt seinen Rucksack. An der Tür dreht er sich noch mal um.

»Das Essen war wirklich lecker«, sagt er zu Frau Bulette. Und zu mir: »Und das mit der Neugier … Denk mal drüber nach. Der alte Dumbledore kennt sich aus.«

Dann ist er verschwunden. Elvis singt noch einen Augenblick hinter ihm her.

»Na jut«, sagt Frau Bulette, als Elvis aufhört, und kratzt sich am Kopf. »Denn ham wa wenigstens endlich Zeit für unsere Pommes, stimmt's, Josi?«

Aber mir ist nicht mehr nach Pommes. Mir ist auch nicht mehr nach Beauty oder Mittwochsklatsch. Und ich kann auch nicht darüber nachdenken, wer dieser Dumbledings ist und was Jonas mir wohl sagen will. Alles, was in meinem Kopf gerade Platz hat, ist: Morgen ist Zahltag!

ZAHLTAG, EIN VERLIEBTER SPION UND EIN BRIEF

»Hello Josephine, how do you do?«☆, plärrt mein Wecker am nächsten Morgen. Ist denn das zu fassen?

»Boah, Thorsten!«, brülle ich gegen die Musik an. Das kann nämlich nur Papa gewesen sein, weil er es auch ist, der da aus meinem Wecker singt. (Ich wusste doch, dass die Sache einen Haken hat, als er mir diesen Wecker mit Aufnahmefunktion geschenkt hat.)

»Thorsten!«

Aber Papa antwortet nicht. Er singt einfach weiter. Ich gucke auf die Uhr. Sechs Uhr fünfzig.

»Hello Josephine, how do you do?«

Wie es mir geht? Nicht gut, wenn Papa mich schon so früh am Morgen mit so viel guter Laune nervt. Ich schalte den Wecker aus. Aber ich habe Papa unterschätzt. Kaum ist es in

☆ Das ist von Fats Domino und damit mindestens so alt wie Elvis, wenn nicht sogar noch älter. Der hat das nämlich auch gesungen.

meinem Zimmer ruhig, geht das Getöse im Wohnzimmer los. »Ride on, Josephine! Ride on.«*

»Ist ja gut!«, rufe ich und springe aus dem Bett. Da fällt mir ein, dass Papa eigentlich gar nicht da sein dürfte. Sechs Uhr fünfzig, Donnerstagmorgen. Da hat er Frühschicht.

Ich flitze rüber ins Wohnzimmer und schalte die Stereoanlage aus. Uff. »Ride on« war wohl wörtlich gemeint. Das heißt so was wie »mach weiter«. Woher ich das weiß? Tja, es gibt mindestens ein Dutzend Lieder, bei denen es um mich geht. Natürlich nicht wirklich, das ist mir auch klar. Aber es könnte. Weil sie allesamt von irgendeiner Josephine handeln. Und Papa hat sie mir alle schon vorgespielt, als ich noch nicht mal Papa sagen konnte. Von Thorsten ganz zu schweigen.

Ich gucke mich um. Er scheint es heute Morgen wirklich mit all seinen Siebensachen pünktlich aus dem Haus geschafft zu haben. Kein Schlüssel, keine Jacke, nichts. Aber auf dem Tisch steht Frühstück. Aha! Ein guter neuer Trick, um mich aus dem Bett zu kriegen, das muss ich ihm lassen. Mich morgens aufzuwecken ist nämlich nicht gerade leicht. Aber wo ich nun schon mal aufgestanden bin, kann der Tag auch losgehen.

Die Schule fängt erst in einer Stunde an. Das heißt, ich habe noch jede Menge Zeit. Ich schmiere mir ein Brot mit

* Und das ist von einem Mann namens James Thorogood. Fast so kompliziert wie Dumbledore.

Schokocreme und mache mich auf den Weg aufs Dach. Das mit dem Dach darf ich eigentlich keinem erzählen. Da dürfen wir nämlich gar nicht hoch, weil es keine Absperrung gibt und man runterfallen könnte, wenn man sich ungeschickt anstellt. Weil sich alle im Haus daran halten außer Papa und mir, hat auch noch keiner unseren kleinen Garten da oben entdeckt. (Gitti weiß sicher Bescheid, weil sie direkt neben uns wohnt, aber die hält dicht.) In Holzkisten vom Großmarkt pflanzen wir Tomaten und Salat. Zwei Liegestühle haben wir auch und einen Sonnenschirm. Die Luke ist mit einem Vorhängeschloss gesichert, aber Papa hat den Schlüssel. Hat Herr Schalupke, unser Hausmeister, ihm höchstpersönlich gegeben. Schalupke hat nämlich Höhenangst, und darum kümmert Papa sich an seiner Stelle um alles, was mit dem Dach zu tun hat. Eigentlich ist da aber nie was zu tun.

Ich husche durchs Treppenhaus zur Luke, stelle die Leiter auf, die Schalupke immer neben der Tür zum Dachboden parkt, und klettere nach oben. Das Aufschließen ist einfach, dann kommt der schwierige Teil. Die Luke ist ziemlich schwer. Aber ich habe Übung. Im Nu bin ich auf dem Dach. Ein Taubenpärchen gurrt mich erschrocken an.

»Tja, jetzt müsst ihr Platz machen.« Ich verscheuche das Federvieh aus meinem Liegestuhl und mache mich über mein Brötchen her. Schokobrötchen am Morgen muss sein. Genauso wie die Pommes zum Mittagessen. Sonst würde ich nämlich eingehen von all dem gesunden Essen, das Papa immer von der Frühschicht mitbringt.

Die Frühschicht ist sein Job im Großmarkt. Da kaufen alle Berliner Restaurants frühmorgens ihre Lebensmittel ein, die sie dann tagsüber brauchen. Dreimal die Woche von fünf bis neun Uhr fährt Papa im Großmarkt Obst- und Gemüsekisten mit einem Gabelstapler hin und her. Und all die Sachen, die morgens nicht verkauft wurden, kriegt Papa dann günstiger. Lauter Grünzeug. Aber auch exotische Früchte oder eingelegte Dinge aus der ganzen Welt.

Einmal hatte er ganze Kokosnüsse dabei. Wir mussten uns von Schalupke einen Bohrer ausleihen. Mit dem haben wir dann ein Loch in die Nüsse gebohrt und Strohhalme reingesteckt. Dann haben wir uns in unserem Dachgarten in die Sonne gesetzt und so getan, als wären wir irgendwo in der Karibik. Papa hat behauptet, er wäre ein Schiffbrüchiger, gestrandet auf einer einsamen Insel und bedroht von Aliens, die sich da breitgemacht haben. Aber das war natürlich kein Problem. Weil Captain J, die flinke Rächerin, sofort mit *The Blitz* zur Stelle war und alle Aliens mit einem Schlag zurück ins All katapultiert hat.

»Ob es in der Karibik auch Schokobrötchen gibt?«, frage ich die Tauben, die jetzt vor meinen Füßen nach Brötchenkrümeln picken. Ich kriege ein Surren zur Antwort. Hä? Seit wann surren Tauben denn?

»Gar nicht«, sage ich zu den beiden. »Stimmt's?«

Ich stopfe mir den Rest des Brötchens in den Mund und gucke mich um. Das war eindeutig ein elektrisches Geräusch. Aber von was? *Surrr*, macht es wieder. Diesmal bin ich vorbereitet. Das kam von unserem Sonnenschirm. Ich springe auf und bin mit einem Satz dort. Die Tauben flattern erschrocken zur Seite. Der Schirm ist aufgespannt. So weit, so normal. Im Sommer machen wir den Schirm nie zu. Papa hat ihn so gut festgebunden, dass er nicht wegwehen kann. Es surrt noch einmal. Dieses Mal ist das Geräusch direkt über meinem Kopf. Ich gucke nach oben zwischen die Schirmstreben. Und da sehe ich sie. Unter unserem Sonnenschirm, mitten in unserem geheimen Garten auf dem Dach, das niemand außer Papa und mir betritt, hängt eine winzig kleine Kamera!

Kann mich mal jemand kneifen? Was macht die hier? Mein Gehirn rattert so laut, dass man es sicher bis runter auf die Straße hören kann. Papa hasst es, gefilmt zu werden – auch so ein Problem für die Pancakes, aber das tut jetzt nichts zur Sache. Er hat die Kamera jedenfalls garantiert nicht hier angebracht. Ich war es auch nicht. Und außer uns hat nur noch einer den Lukenschlüssel.

»Schalupke?«

Nein, das kann nicht sein. Warum sollte der mit seiner Höhenangst denn auf einmal hier raufkommen? Nur, um unseren Tomaten beim Wachsen zuzugucken? Garantiert nicht. Bleibt also nur eine Lösung: Jemand anders war hier. Jemand weiß von unserem geheimen Garten. Aber wer?

Ich muss mich strecken, um an das Ding zu gelangen. Die Kamera ist mit Klebeband an den Streben festgemacht. Als ich mich ihr nähere, surrt sie wieder. Die Linse bewegt sich.

»Ha!«, mache ich vor lauter Schreck. Das wird mir nämlich gerade erst klar: Wenn sich die Kamera bewegt, weil ich mich bewege, dann … macht das jemand. Und zwar mit einer Fernsteuerung.

»He!«, rufe ich in die Linse. Die zoomt an mich heran. Das ist ja wohl die Höhe! Ich reiße das Ding ab, wobei ich leider auch den halben Schirm kaputt mache. Der ist eben auch nicht mehr der Jüngste, und die Streben sind schon ziemlich rostig. Aber das interessiert mich gerade nicht. Irgendwo muss die Kamera doch einen Aus-Knopf haben. Hat sie, und ich finde ihn auch. Bin ja schließlich nicht doof. Aber unheimlich ist mir das Ganze doch. Was mache ich jetzt mit dem Ding? Was ist, wenn der, dem sie gehört, irgendwo in der Nähe ist? Oje! Der muss sogar in der Nähe sein! Das ist ja fies. Igitt. Wer kommt denn auf so eine Idee? Und das bedeutet, ich werde die ganze Zeit beobachtet. Mein Fluchtinstinkt setzt ein. (Hab ich neulich in einer Tiersendung gesehen. Wenn Gefahr im Verzug ist, haben alle Tiere so was. Kann ich also ja wohl auch haben, oder?) Ich stopfe die Kamera in die Kängurutasche von meinem Pulli und renne zur Luke.

»Das ist eklig!«, brülle ich übers Dach, bevor ich die Leiter runterklettere und die Luke hinter mir zuknalle.

Garantiert unter einer Minute später (und das sogar ohne mein Skateboard) singt mir Elvis ins Ohr und Frau Bulette guckt wie ein Kaninchen im Angesicht einer Schlange, als ich in den Broilergrill stürme und die Tür so doll hinter mir zuhaue, dass Elvis sich verschluckt.

»Achtung, Josi, sachte! Is die Welt am Unterjeh'n oder warum biste nich in der Schule?« Sie wirft einen Blick auf die Uhr. Oh, oh! Schon nach acht!

»Ich kann heute nicht in die Schule, ich …«

Frau Bulette legt ihren Spüllappen beiseite und kommt hinter der Theke hervor.

»Nee, junget Frollein. Det weeßte, Schule is Pflicht! Selbst wennde deine Schultasche nich dabeihast und ooch wenn et der vorletzte Schultag vor die Ferien is. Abmarsch!«

Und zack, hat sie mich zur Tür rausbugsiert.

Tja, da bleibt mir wohl nichts anderes übrig. Was die Schule angeht, da sind Frau Bulette und Papa hinterher.

»Aber wenn ich beobachtet werde, ist euch das wumpe«, schimpfe ich – und mache mich wohl oder übel auf den Weg. »Mein Leben ist doch keine Fernsehshow«, motze ich die

Straße an. »Ihr werdet schön blöd gucken, wenn ich erstmal entführt bin. Dann ist es nämlich zu spät!«

Okay, das mit dem Entführen ist mir gerade erst eingefallen. Es sagt ja keiner, dass ich entführt werden soll, bloß weil irgendwer unser Dach filmt. Aber wissen kann man es auch nicht genau, oder? Na, also.

»Du guckst auch zu viele schlechte Filme, oder?«, fragt mich da auf einmal jemand wie aus dem Nichts.

Ich sehe mich um.

»Hier oben«, informiert die Stimme mich. Den kenne ich doch. Das ist Jonas.

»Na, toll«, murmle ich. »Und wo ist hier oben?«

»Im Baum.«

Was macht der denn im Baum? Weiß er wohl auch nicht so genau. Es raschelt, dann steht er mit einem Satz vor mir.

»Was willst du hier?«, frage ich. Er sieht mich seltsam an.

»Ist Zahltag, schon vergessen?« Er stapft davon in Richtung Broilergrill.

Der Zahltag! Stimmt ja. Ich mache auf dem Absatz kehrt und laufe ihm nach.

»Willst nachprüfen, ob ich die Frikadelle auch nicht übers Ohr haue, was?«, fragt er, als ich aufhole.

»Kann man nicht wissen«, antworte ich. Mehr nicht. Wer wenige Worte macht, verunsichert den Gegner. Auch so eine von Papas Weisheiten.

»Lieber etwas misstrauisch, als etwas tot, was?«☆

»Hä?«

»*Der Spion, der mich liebte*«, antwortet er ungerührt.

»Hä?«, frage ich noch mal. Wovon redet der?

»Was hast du denn da in deinem Pulli?«

Er schielt auf meine ausgebeulte Kängurutasche.

»Und was hast du so in deinen Taschen?«, frage ich zurück. Er guckt schnell geradeaus. Aha. Bitte, das kann ich auch.

Ich starre vor mich hin. Wenn ich wieder bei Frau Bulette reinschneie, gibt es ein Donnerwetter, darauf kann ich Gift nehmen. Aber ich kann den Neuen unmöglich alleine zu ihr lassen. Nicht dass sie mit so einem Pimpf nicht klarkäme. Aber den aus den Augen zu lassen, wäre ganz bestimmt nicht sonderlich schlau.

Wir kommen beim Broilergrill an, und Jonas öffnet die Tür. Elvis singt, und Frau Bulette hinter der Theke hebt den Kopf. Wie immer. Nur ich bin irgendwie langsamer. Oder zu schnell. Oder alles auf einmal. Jedenfalls stimmt irgendwas absolut nicht. Frau Bulette schimpft nicht, als sie mich sieht. Sie guckt noch nicht mal komisch, weil ich mit dem Neuen zusammen durch die Tür komme. Und auch die Geschäftsfrau in ihr pennt tief und fest. Dabei müsste doch wenigstens

☆ Jonas ist natürlich nicht verliebt. Und auch sonst niemand. Dieser Satz stammt aus dem Film *007 – James Bond. Der Spion, der mich liebte.*

die wittern, dass Zahltag ist. Aber das tut sie nicht. Stattdessen guckt sie auf einen Brief, den sie in den Händen hält. Warum zittert sie denn so?

Jonas bemerkt gar nicht, dass hier was nicht stimmt. Er kramt in seiner Hosentasche und zählt Frau Bulette Kleingeld auf die Theke.

»Elf Euro dreißig«, sagt er, als er fertig ist. »Zuzüglich zwei Komma fünf Prozent Zinsen fürs Anschreiben plus Trinkgeld, fünf Prozent, macht also aufgerundet zwölf Euro und fünfzehn Cent, bitte schön, auf Wiedersehen.«

Und weg ist er. Da stehen wir, Frau Bulette mit ihren Zitterhänden und ich. Ich weiß, ich sollte jetzt auf jeden Fall mindestens nachrechnen, ob der uns nicht über den Tisch gezogen hat. Aber ich habe andere Sorgen. Frau Bulettes Gesicht ist grau wie die Blumen auf ihrem Kittel.

»Frau Bulette. Was ist denn los?« Weil Frau Bulette außer zittern immer noch nichts macht, versuche ich, einen Blick auf den Brief zu werfen. Vielleicht hat sie ja gerade erfahren, dass sie die letzte Nachfahrin eines verschollenen Piraten ist, und erbt jetzt einen geheimen Schatz? Oder die Aliens haben sich endlich angekündigt und auch »Einmal alles« vorbestellt. (Unwahrscheinlich, schon klar. Und trotzdem, wer weiß schon, ob Aliens nicht unheimlich auf Pommes und Grillhähnchen abfahren?)

Frau Bulette reißt mich aus meinen Gedanken über die

Essgewohnheiten von Aliens. Genauer gesagt, ist es der Rums, mit dem sie zu Boden geht. Da liegt sie plötzlich.

»Frau Bulette?« Ich knie mich neben sie. Frau Bulette macht keinen Mucks. Nee, sie liegt da wie Dornröschen. Nur, dass ihre Blumen eben schon genauso blass sind wie sie selbst. Ein Kuss von einem Prinzen wird hier wohl nicht helfen. Frau Bulette ist ohnmächtig. Das ist ein Problem.

»Frau Bulette!« Ich kiekse. Das macht die Panik. »Frau Bulette, jetzt komm schon, mach kein Theater!«, rufe ich. Nicht dass Frau Bulette hier überhaupt irgendwas machen würde, aber was soll ich denn sagen? Wie war das noch mal bei Ohnmächtigen? Mund-zu-Mund-Beatmung? Nee, Frau Bulette atmet ja noch.

»Knall ihr eine!« Jonas hockt plötzlich neben mir. Den habe ich gar nicht zurückkommen hören. »Mann, bist du taub?«

Er schiebt mich zur Seite und verpasst Frau Bulette eine schallende Ohrfeige.

»Sag mal, hast du nicht alle Tassen im Schrank?«, fahre ich ihn an. Aber da setzt Frau Bulette sich mit einem Mal auf.

»Ach, du grüne Neune, wat war denn det?« Sie reibt sich die Wange.

»Wiederbelebungsmaßnahme«, sagt Jonas knapp.

»Und 'ne ziemlich erfolgreiche«, murmelt Frau Bulette. »Mensch, Manni, mir is janz plümerant.«

»Das liegt nicht an der Ohrfeige«, informiert Jonas sie ungerührt. »Das war der freie Fall. Kopf und Fliesenboden gehören nicht zusammen.«

Na, der muss es ja wissen, so gestelzt wie er daherredet. Aber das muss ich ihm lassen – er hatte raus, was zu tun ist.

Frau Bulette nickt. Sie ist noch ziemlich durch den Wind.

»Was ist denn das für ein Brief?«, erkundige ich mich. Frau Bulette haut ja sonst wirklich nichts aus den Latschen. (Also vielleicht doch die Aliens?)

Frau Bulette guckt mich verwirrt an, dann wischt sie sich übers Gesicht.

»Der Brief!«, ruft sie. »Ach herrje! Wo isser denn?«

Er liegt hinter der Theke. Da ist er hingeflogen, als ihr freier Fall anfing. Ich springe auf und hole ihn.

»Hier.«

Ich streiche ihn glatt und gebe ihn ihr.

Frau Bulette nimmt ihn schnell an sich und stopft ihn in die Schürzentasche.

»Aber …«, will ich widersprechen. Da springt Jonas plötzlich auf. Was ist denn in ihn gefahren? Er sieht aus, als hätte er den Geist von Elvis gesehen. Hat der Brief etwa magische Kräfte, vor denen man sich in Acht nehmen muss?

»Ich … ich …«, stottert er. Dann dreht er sich um und rennt zur Tür hinaus. Und da soll noch einer sagen, es wäre verrückt, an Aliens zu glauben. Im Augenblick bin ich hier ja wohl die einzig Normale.

»Also, Frau Bulette«, versuche ich es noch mal. »Was ist denn jetzt mit dem Brief?«

Frau Bulette rappelt sich vom Boden hoch und guckt mich streng an.

»Gegenfrage, Josi. Wat is denn nu mit Schule? Ick meine, ick hätte mir klar ausjedrückt, Frollein.«

Und das war's. Ohne Schultasche, viel zu spät und mit dem sicheren Gefühl, dass hier irgendwas ziemlich faul ist, mache ich mich auf den Weg. Mein Tag ist gelaufen.

EIN WOLF, OMA HUNGER UND NOT AM MANN

Als ich nach der Schule zu Frau Bulette nach Hause komme, um unsere Donnerstagnachmittagsbeauty zu machen, ist sie nicht da.

Bin in einer wichtigen Sache unterwegs. Essen in der Küche, steht auf einem Zettel an der Tür.

Wichtige Sache. Merkwürdig. Wenn Frau Bulette etwas Wichtiges zu erledigen hat, bin ich normalerweise immer dabei. Ich schließe die Wohnungstür auf – den Schlüssel habe ich, seit ich in die Schule gekommen bin, also schon eine Ewigkeit – und gehe in die Küche. Auf dem Herd steht ein Topf mit Milchreis. Lecker! Mit dem Topf und einem Löffel marschiere ich ins Wohnzimmer.

»Dann wollen wir mal«, sage ich zu dem Milchreis und löffle los. Als ich fertig bin, gucke ich mich um. Alleine hier zu sein, ist nicht komisch. Das war ich schon oft, wenn es im Broilergrill gebrummt hat und Frau Bulette nicht loskonnte. Neu ist aber, dass ich nichts von dieser wichtigen Sache weiß.

»Es liegen sowieso viel zu viele Geheimnisse in der Luft«, bemerke ich. Und erst als ich es gesagt habe, fällt mir auf, dass das wirklich stimmt. Sachen laut sagen, hilft dabei zu verstehen, was stimmt und was nicht. Apropos Geheimnisse: Ich krame die Kamera hervor. *Pling* sagt sie, als ich sie anmache. Und *Pling-Pling-Pling,* als ich mich durch das Menü klicke.

»Wollen doch mal sehen, wie lange wir schon beobachtet werden.« Wollen ist dabei allerdings so eine Sache. Eigentlich will ich das gar nicht wissen, weil das ganz schön gruselig ist. Ich meine, was ist, wenn das Ding da schon ewig hängt und irgendwer längst über alles Bescheid weiß, was Papa und ich so besprechen, wenn wir da oben Kokosnüsse knacken? Oje, dann können wir einpacken! Der Dachgarten ist nämlich der Ort der Wahrheiten. Hier kommt alles auf den Tisch. Ich meine, wirklich alles. Papas Chefs, wenn sie doof waren (manchmal), meine Lehrer, wenn sie doof waren (also ziemlich oft), Sofia, wenn sie doof war (was ich fast immer finde und Papa fast nie), die Hähnchenbrüder (die sind nur sehr selten doof), Frau Bulette (niemals doof) und, und, und. Darum muss ich dringend wissen, was die Kamera alles aufgezeichnet hat.

Der Speicher ist ordentlich voll. Ich gucke auf die Datumsanzeige der Filme. Der letzte ist von heute Morgen. Alles klar, den kenne ich, Tauben, Schokobrötchen und so. Spannender ist, von wann der erste ist. Ich gehe zum Anfang der Liste.

»Nicht wahr!«, platze ich heraus. Der erste Film ist schon ein Jahr alt. Oh Gott! Seit einem Jahr schon werden wir ausspioniert? Mir wird schlecht. Vielleicht war ein halber Topf Milchreis doch keine gute Idee, so kurz bevor man sein Leben an sich vorbeiziehen sieht. Aber es hilft nichts. Da muss ich jetzt durch.

»Okay, los geht's.« Ich drücke auf Play.

Pling, bestätigt die Kamera. Der Film läuft. Aber …

»Hä?«

Das ist nicht unser Dachgarten. Der, der das gefilmt hat, läuft an einem Bahndamm entlang. Es ist ganz sicher ein Er. Ab und zu filmt die Kamera nach unten, und ich kann seine Schuhe sehen. Rote Turnschuhe und garantiert keine von einer Frau oder einem Mädchen. Man hört ihn laut atmen, weil er sich durch ziemlich viel Gestrüpp kämpfen muss. Die Gleise sind total überwuchert, an einer Stelle wächst sogar ein Baum zwischen den Schienen. Das Ganze sieht nicht so aus, als wäre in den letzten Jahren ein Zug da vorbeigekommen. Ich stoppe den Film und klicke den nächsten an. Der ist vom selben Tag. Diesmal ist ein Bahnhof zu sehen. Die Schilder sind ziemlich rostig, und man kann nur noch ungefähr erkennen, was da mal stand. »Fahrkarten« und »Gleis 2« kann ich lesen. Wo ist das? Und warum filmt jemand so was und danach unseren Dachgarten? Ein Kribbeln läuft einmal durch mich durch, vom Kopf bis zu den Zehen.

Im dritten Film schleicht der geheimnisvolle Kameramann durch einen dunklen Tunnel. Puh, was macht der denn da? Wer weiß, was ich gleich zu sehen kriege, vielleicht sollte ich lieber aufhören, das zu gucken. Andererseits, wenn der uns filmt, dann muss ich es sogar ganz unbedingt anschauen. Wie soll ich denn sonst rauskriegen, was der im Schilde führt? Und wenn er gefährlich ist, muss ich auf jeden Fall was unternehmen.

Am Ende des Tunnels sehe ich Licht. Und jetzt kann ich auch erkennen, dass der schon wieder auf Schienen läuft. Ist das immer noch dieselbe Bahnstrecke? Der Tunnel ist zu Ende. Der Kameramann geht noch ein paar Schritte, dann dreht er sich plötzlich um, und ich erschrecke so, dass ich die Kamera fallen lasse. Sie poltert mit einem lauten Krach zu Boden.

Das gibt es doch nicht! Hinter dem Kameramann stand ein riesiger Wolf. Er hatte das Maul aufgesperrt. Mehr habe ich nicht gesehen, nur das Maul mit Zähnen, die mindestens so groß waren wie ich.

Auf einmal kommt mir Frau Bulettes Wohnung viel zu leer vor und die Kamera auf dem Boden, als wäre sie selbst der Wolf, der mich jeden Augenblick anspringt. Garantiert gibt es eine logische Erklärung für einen Riesenwolf auf einem verlassenen Bahndamm. Aber mir reicht's. Ich brauche dringend frische Luft. Schnell packe ich die Kamera ein. Das ist bloß Plastik und Glas und ein paar Schrauben. Trotzdem fühlt es sich plötzlich an, als wäre das Ding tonnenschwer.

Wie der Blitz bin ich zur Tür raus. Das ist ganz schön starker Tobak für einen einzelnen Tag.

Zu Hause verkrümle ich mich in mein Zimmer. Mir ist ganz komisch, so als ob ich irgendwas verpasst habe. Im Treppenhaus bin ich über Schalupke gestolpert, der mal wieder dabei ist, den Fahrstuhl zu reparieren, was er ungefähr jeden zweiten Tag macht.

»Achtung, Josi!«, hat er gerufen. Aber ich hatte keine Zeit aufzupassen. (Es ist ja außerdem auch gar nichts passiert!)

Seit gestern ist alles so eigenartig. Nicht nur, dass da auf einmal so viele Geheimnisse sind, es fühlt sich an, als würden die alle irgendwie zusammengehören. Ich hole die Kamera aus dem Pulli und packe sie in die rote Kiste. Schlechte Idee! Ganz, ganz schlechte Idee! Da liegt sie jetzt eingekistet unter meinem Bett und ist trotzdem nicht weg. Ich gehe zum Fenster und gucke runter auf den Platz. Das hilft mir immer, wenn ich nicht weiß, was ich anfangen soll. Aber da unten ist nichts Besonderes zu sehen. Nichts, was die Kamera aus meinem Kopf vertreiben würde.

Ich drehe mich weg und hüpfe auf mein Bett. Betthüpfen lenkt ab und ist außerdem verboten, wenn Papa da ist. Darum muss ich jede Gelegenheit nutzen, die ich kriegen kann. Und im Moment bin ich ja wohl so was von unbeobachtet. Hoffe ich zumindest. Seit heute Morgen kann ich das schließlich nicht mehr so genau sagen.

Ich hüpfe zwei kleine Hüpfer zum Aufwärmen, dann mache ich den ersten großen Sprung. Und da bemerke ich ihn. Jonas sitzt gegenüber am Fenster, einen Stock tiefer, um genau zu sein. Und er guckt zu mir rüber. Mit einem Fernglas.

Vor Schreck plumpse ich auf mein Bett zurück. Es kracht. Und knackt irgendwo im Bettpfosten. Ups, das war laut, der ist wohl kaputt.

Aber darauf kann ich jetzt keine Rücksicht nehmen. Ich rapple mich auf, renne zum Fenster und reiße es auf. Dann hole ich tief Luft und brülle los.

»Bist du denn total be–?«

Er ist weg. Ich gucke in das Zimmer, in dem er gerade noch saß. Es ist leer. Das habe ich mir nicht eingebildet. Oder etwa doch? Da drüben wohnt Oma Hunger, aber die ist immer alleine, und wenn sie ausgezogen wäre, hätte ich das mitbekommen. Was macht der da? Ist er bei ihr eingebrochen und Oma Hunger liegt jetzt hilflos irgendwo in ihrer Wohnung am Boden und …

»Nee, Josi«, stoppe ich das Feuerwerk, das sofort durch meine Gedanken ballert. »Nee, warum sollte der denn so was tun?«

Vielleicht bin ja ich es, die bekloppt ist. Aber das werde ich überprüfen. Ich werde der Sache auf den Grund gehen. Nur für den Fall, dass ich doch recht habe und Oma Hunger meine Hilfe braucht.

Ich gucke auf die Uhr. Papa ist gerade bei der Mittagsschicht im Restaurant. Da schnippelt er Gemüse. Danach muss er zu Kurzkes Tanzschule, wo er Musik auflegt für die Tanzkränzchen. Mit ihm kann ich heute nicht mehr rechnen. Ich muss mich also selbst um die Angelegenheit kümmern. Ist sowieso besser. Papa ist in solchen Dingen immer viel zu zögerlich. Ich werfe noch einen prüfenden Blick aus dem Fenster. Jonas ist nicht wieder aufgetaucht.

»So weit kommt's noch, dass ich Gespenster sehe!«, murmle ich. »Eher lernen Aliens Skateboard fahren.«

Jonas sitzt vielleicht nicht mehr am Fenster, aber in Luft aufgelöst hat er sich ganz bestimmt nicht. Die wehrlose Oma Hunger schießt mir wieder durch den Kopf. Klarer Fall: Ich gehe nachsehen.

Mein Turnbeutel liegt im Flur. Ich schlüpfe in die Schulterbänder, schnappe mir das Skateboard und verlasse die Wohnung.

»Jetzt machen wir mal Bambule! Und zwar so richtig!«

Der Fahrstuhl funktioniert noch immer nicht, das brauche ich gar nicht auszuprobieren. Man hört Schalupke bis hier oben vor sich hin fluchen. Aber die Treppe runter geht es ohnehin schneller. Ich nehme zwei Stufen auf einmal, und vom ersten Stock ins Erdgeschoss rutsche ich das Geländer runter.

»Na, Josi?«, begrüßt mich Schalupke, als ich unten ankomme. Er kniet in der offenen Fahrstuhltür, und eigentlich ist es eher sein Hintern, der mit mir spricht. Sein Kopf steckt bis zu den Schultern in einer Klappe in der seitlichen Fahrstuhlwand. Er ist verrenkt wie diese ganzen Yogamuttis von meinen Klassenkameraden.

»Na, Herr Schalupke? Alles fit?«, antworte ich wie immer.

»Fit ist gar kein Ausdruck!«, kommt es ziemlich angestrengt von Schalupkes Po. »Und du? Bambule, auch wie immer?«

»Und wie!«, bestätige ich.

»Na dann, Josi!«

»Na dann, Herr Schalupke!«

Das ist so unser Ding, Schalupkes und meins. Wir klären immer ab, dass alles in Ordnung ist. Egal, ob das auch stimmt. Bei Schalupke und mir gibt es keine Regentage. Wo kämen wir denn auch hin, wenn wir da bei der Wahrheit blieben? Ich meine, Schalupke repariert tagein, tagaus unseren Fahrstuhl. Und wenn wir es da mit der Wahrheit genau nehmen würden, dann müssten wir beide einsehen, dass unser Hausmeister offensichtlich kein Talent zum Sachenreparieren hat. Oder – und das ist genauso gut möglich – da müsste einfach mal wer Geld in die Hand nehmen und einen neuen Aufzug einbauen. Aber wer sollte so was schon tun?

Ich hüpfe an Schalupkes Po vorbei nach draußen.

»Grüß schön im Grill«, ruft er mir nach.

Das ist neu. Aber vielleicht hat er heute seinen freundschaftlichen Tag.

»Mache ich, wenn ich mal vorbeikomme!«, rufe ich zurück.

Auf der Straße nehme ich das Skateboard und fahre erst mal nach links. Falls Jonas wieder am Fenster auftaucht, sieht er nur, dass ich die Straße runterfahre. Ich rolle bis zur nächsten Ecke. Da steige ich ab und überquere die Straße. Das kann Jonas von seinem Fenster aus nicht sehen, weil hier ein paar Bäume stehen. Ab jetzt bin ich quasi unsichtbar. Trotzdem drücke ich mich eng an die Hauswände, als ich, das Skateboard unter dem Arm, zurücklaufe bis zu Oma Hungers Haus.

»Und was jetzt?«, frage ich mich selbst. Wenn die auch einen Schalupke haben, der ständig was im Haus reparieren muss, komme ich da nicht so leicht rein. Schalupke fragt jeden, den er nicht kennt, wer er ist und was er will. Und wenn ihm die Antwort nicht passt, dann muss der Besucher leider wieder gehen. Das hat Sofia bei ihrem ersten und einzigen Versuch, Papa zu besuchen, mal deutlich zu spüren gekriegt. Könnte vielleicht aber auch daran gelegen haben, dass ich Schalupke vorher erzählt habe, sie würde nur Papas Geld wollen. Welches Geld?, hat Schalupke mich gefragt. Eben, habe ich gesagt. Und damit war die Sache geritzt. Vielleicht steckt Jonas mit dem Hausmeister hier sogar unter einer Decke, und der wartet nur darauf, dass ich komme und er mich aus dem Weg räumen kann?

»Quatsch, Josi!«, sage ich mir. »Totaler Quatsch!« Eigentlich finde ich es toll, dass mein Kopf immer eine spannende Geschichte parat hat. Aber an Tagen wie heute ist das echt ein Problem.

Ich gucke mir die Klingelschilder an. Nur für den Fall, dass Oma Hunger doch ausgezogen ist. Ist sie nicht. Ihr Name steht noch immer ganz oben auf dem Klingelbrett. Es hilft nichts. Ich muss es tun.

»Alles klar«, sage ich und drücke auf den rechten oberen Klingelknopf.

Niemand öffnet. Ob er mich durchschaut hat? Ich klingle noch mal. Aber die Tür bleibt zu. Also doch! Da oben stimmt was nicht.

»Na los, Josi. Du wolltest doch Bambule machen. Dann mach auch.«

Die Sache mit Bambule ist nur, dass man dazu Mut braucht. Und der ist zufällig nicht gerade eines der Dinge, die ich für den Notfall in meinem Turnbeutel mit mir herumtrage. Moment mal ... der Turnbeutel! Da kommt mir doch eine Idee.

Schnell laufe ich an den Häusern entlang weiter zum Broilergrill. Der Grill ist geschlossen, klar. Aber ich habe ja einen

Schlüssel. Den habe ich zusammen mit Frau Bulettes Wohnungsschlüssel von ihr zur Einschulung bekommen, falls sie mal kurz weg ist, wenn ich aus der Schule komme. (Was sie bis heute noch nie war!)

Ich schließe die Tür auf und husche in den Grill. Dort mache ich als Erstes die Fritteuse an. Zum Glück hat sich Frau Bulette vor ein paar Monaten eine neue gegönnt, die braucht nur ganz kurz zum Aufheizen. Solange gehe ich ins Hinterzimmer und bereite alles vor. Die Verpackungen zum Mitnehmen stehen im Regal, die Pommes und die Apfeltaschen sind in der Kühltruhe. Fehlt noch die Mütze. Die krame ich aus meinem Turnbeutel hervor.

Diese Schirmmütze hat Papa letztes Jahr für Frau Bulette entworfen, als Werbung für den Broilergrill. Den grinsenden Hahn vorne drauf, der »Broiler vom Grill – find ick knorke!« sagt, fand Papa richtig witzig. Knorke heißt hier in Berlin so was wie »gut«. Frau Bulette fand die Idee mit der Mütze nicht so knorke. Also hat Papa auch nur diese eine gemacht. Der Hahn ist selbst gemalt. Drum habe ich die Mütze behalten und für den Notfall in meinen Turnbeutel gepackt. Das wäre dann wohl jetzt. Ich setze sie auf. Passt wie angegossen.

Vorne piept die Fritteuse als Zeichen, dass sie einsatzbereit ist. Ich gehe hin und versenke eine Portion Pommes und eine Apfeltasche im heißen Fett. Solange die Apfeltasche nicht aufplatzt, merkt man gar nicht, dass die zusammen da drin gebrutzelt haben. Als das Essen fertig ist, packe ich beides in die Mitnehmboxen und mache mich mit dem Board auf den Rückweg. Bei Oma Hungers Haus angekommen, atme ich dreimal tief ein und aus, um mich zu beruhigen. Darauf schwört Papa, wenn er Lampenfieber hat.

Bei mir funktioniert das leider nicht. Was, wenn mein Plan klappt? Wenn einer von Oma Hungers Nachbarn auf meinen Trick reinfällt und mich reinlässt?

»Das kannst du dir dann überlegen!«, ermahne ich mich. Und was soll ich sagen? Ich finde, ich habe recht.

Also klingle ich im vierten Stock links.

Es vergeht eine halbe Ewigkeit, dann summt die Tür. Ha! Die Gegensprechanlage ist wohl kaputt, genau wie bei uns. Das könnte ja nicht besser laufen.

Ich drücke die Tür auf und gucke mich im Flur um. Die haben hier keinen kaputten Fahrstuhl, die haben überhaupt keinen. Aber, pah, vier Stockwerke? Kein Problem.

Ich mache mich an den Aufstieg. Ganz oben geht eine Wohnungstür auf. Ich muss mir dringend überlegen, was ich sage, wenn dem da auffällt, dass er gar kein Essen bestellt hat. Jetzt geht noch eine Tür auf. Dann höre ich Schritte. Jemand kommt mir auf der Treppe entgegen. Gleichzeitig ruft ein Mann aus dem Vierten: »Hallo?«

Die Schritte sind inzwischen im dritten Stock angekommen. Ich bin im zweiten.

»Essen ist da!«, rufe ich.

»Essen?«, antwortet es aus dem vierten. Und dann ruft der Mann irgendwem zu: »Hast du Essen bestellt?« Und zu mir sagt er: »Wir haben kein Essen bestellt.«

Ich antworte nicht. Genau da erkenne ich nämlich, wer in weniger als drei Sekunden an mir vorbeikommen wird. Jonas! Schnell ziehe ich die Mütze tiefer ins Gesicht. Mensch, Manni, das wäre beinahe schiefgegangen. Aber zum Glück hat er dicke Angeberkopfhörer auf und glotzt mal wieder auf sein Handy. Dass der dabei nicht die Treppe runterfällt …

Noch vier Schritte, drei, zwei – dann sind wir aneinander vorbei. Er hat nicht mal gezuckt. Garantiert hat der überhaupt nicht gemerkt, dass außer ihm noch jemand im Treppenhaus ist. Ich warte, bis er im zweiten Stock ist, dann mache ich auf dem Absatz kehrt und folge ihm.

»Hallo-ho?«, kommt es noch mal von oben.

»Sorry, war wohl ein Fehler!«, melde ich mich. Der Mann brummelt irgendwas von wegen Klingelstreich und immer diese Gören, dann schließt sich die Tür.

Jonas hat mittlerweile das Erdgeschoss erreicht. Erst, als er zur Tür raus ist, folge ich ihm. An der Haustür bleibe ich stehen. Ich mache sie nur einen Spaltbreit auf, damit er mich nicht sieht, sollte er sich umdrehen. Aber das ist überflüssig.

Er geht schnurstracks über die Straße auf unser Haus zu. Hallo?! Da hat er ja wohl überhaupt nichts verloren! Oder …

Ich erschrecke ganz fürchterlich, weil mir gerade etwas einfällt. Vielleicht ist nach Oma Hunger jetzt Gitti dran! Gitti ist ja auch nicht mehr die Jüngste. Und außerdem ist auch sie alleine. Mensch, Manni, der wird doch nicht alte einsame Damen ausrauben? Wäre eine leichte Masche, so harmlos und blass wie der aussieht. Macht einfach einen auf netten Enkel, hilft ein bisschen dabei, die Einkäufe zu tragen und dann, schwups, haut er die armen Ahnungslosen übers Ohr. Plötzlich klickt irgendwas in meinem Kopf, und alles ergibt Sinn.

»Der Hunderter!« Natürlich. Den hat er sich auch ergaunert.

Jetzt verschwindet er bei uns im Haus. He! Wieso lässt Schalupke den denn rein?

Ich reiße die Tür auf und renne los. Das wird nicht passieren!

»Gitti, ich rette dich!«, flüstere ich.

»Josi, na, da bist du ja«, begrüßt Schalupke mich, als ich ins Treppenhaus stolpere. »Achtung, nicht so flott!«

»Wo wollte der Junge hin?«, frage ich. Für Höflichkeiten habe ich jetzt keine Zeit.

Schalupke guckt mich komisch an.

»Der? Zu dir.«

»Was? Aber ich bin doch gar nicht zu Hause«, gebe ich zurück.

Schalupke kratzt sich am Kopf. »Ja, das habe ich ihm auch gesagt. Aber er meinte, er würde warten.«

»Wie bitte?« Ich stürme los.

»Josi, der Fahrstuhl …«, ruft mir Schalupke nach.

»Ja, ja!«, rufe ich zurück. »Ist kaputt!«

Ich hetze die Treppe rauf. Wenn Jonas denkt, er kann hier einfach so reinspazieren und Schalupke austricksen, dann wird er gleich sein blaues Wunder erleben.

Im vierten Stock bleibe ich stehen. Nichts zu hören. Bestimmt hat Gitti ihn schon reingelassen. Ich spurte die letzten Stufen nach oben und läute bei Gitti Sturm.

»Gitti! Gitti! Mach auf!«

Hinter der Tür höre ich ein Schlurfen, dann ein Schaben. Oh Gott.

»Gitti!«, kiekse ich.

Dann dreht sich innen der Schlüssel im Schloss, und die Tür öffnet sich ein kleines Stück.

»Josi?« Gittis Nase und eines ihrer Augen erscheinen im Türspalt. »Was schreist du denn so? Ist was passiert?«

»Was passiert? Das musst du doch wissen!«

Jetzt macht Gitti ein genauso komisches Gesicht wie Schalupke eben.

»Ich?« Gitti guckt nach hinten in ihre Wohnung. Dann schiebt sie sich durch den Spalt ins Treppenhaus und zieht die Tür noch ein Stückchen weiter zu.

»Was soll denn passiert sein? Alles wie immer, Josi. Und bei dir? Keine Hausaufgaben auf? Nichts zu erledigen?«

»Nee. Letzter Tag vor den Ferien«, sage ich schnell. »Hast du einen Jungen gesehen?«

»Einen Jungen?« Gitti schüttelt den Kopf. »Nee. Wo soll ich denn hier einen Jungen gesehen haben?«

»Seltsam.« Eben war er noch da. Jetzt ist er wie vom Erdboden verschluckt.

»Na, dann«, sagt Gitti und guckt sich nervös um. »Ich muss dann auch. Viel zu tun, weißt du? Schönen Nachmittag, Josi, und grüß deinen Vater.« Schon ist sie wieder durch den Spalt nach drinnen geschlüpft und hat die Tür vor meiner Nase geschlossen. Ich spür's genau – hier gehen ganz sicher merkwürdige Dinge vor.

DIE KNALLERSAUSE, DAS STELZENTIER UND DAS GEGENTEIL VON GLÜCK

Es ist Freitag, und das heißt: Sommerferien! Und es heißt außerdem: Heute steigt die Knallersause! Endlich, das wurde wirklich Zeit. (Also, eher das mit den Ferien, wenn ihr mich fragt. Papa und die Pancakes kann ich ja hören, wann immer ich will.)

Mensch, Manni, ich kann euch sagen, Freitagabend ist die Hölle los. In der ganzen Stadt. Es gibt da so ein Lied, das ist sogar noch älter als das Zeug von Elvis. Es heißt *Der Berliner liebt Musike*. Und das ist wahr, vor allem am Freitagabend.

Nicht dass ich da dauernd unterwegs wäre. Außer, wenn Papa und die Pancakes spielen. Aber das reicht mir dann schon, um zu sehen, was da für ein Zirkus abgeht. Jetzt nicht unbedingt bei den Pancakes. Aber drum herum tun die Leute so, als gäbe es irgendwo was umsonst. Der Freitagabend wäre somit quasi perfekt, um die Knallersause auch so richtig knallen zu lassen, vor allem wenn die Sonne scheint und das Konzert mitten auf dem Platz neben dem Broilergrill stattfindet. Freitagabend und draußen ist den Leuten hier nämlich sogar das Allerliebste.

Aber wenn die Leute nicht wissen, dass es eine Knallersause gibt, dann können sie ja wohl auch schlecht vorbeikommen. Papa kann froh sein, dass es wenigstens den Fanclub gibt.

Der besteht aus Frau Bulette und Gitti. Die beiden haben mit dem Geld aus Frau Bulettes Kaffeekasse einfach selbst bei Jannis im Copyshop ein paar Poster kopiert. Die haben sie eigenhändig entworfen. So richtig toll sehen die aber leider nicht aus. Wenn ich auf der anderen Seite der Schienen wohnen und das Plakat da drüben entdecken würde, ich würde mich nicht über die Gleise bequemen. Ich meine, das kann ja hier in der Stadt auch wirklich lebensgefährlich sein. Einmal nicht aufgepasst, schon bimmelt einen die Bahn weg, die man gar nicht hat kommen sehen. Da muss man dann echt fix sein, um nicht unter die Räder zu kommen. Nee, nee, das würde ich für die Knallersause nicht riskieren. Ganz zu schweigen davon, einmal quer durch die Stadt zu fahren. Also, nur für den Fall, dass mal jemand das Plakat versehentlich mitnimmt und in seinem Stammcafé auf der anderen Seite von Berlin aufhängt – soll alles schon vorgekommen sein.

Einmal durch Berlin zu fahren, das ist ein größeres Abenteuer, als wenn man versucht, auf einem Floß die Niagarafälle runterzubrettern. Hab ich noch nicht ausprobiert, weil ich fast noch nie weiter aus dem Kiez raus war. (Außer bei Frau Bulettes Laube, aber da sind wir mit ihrem Mofa hingefahren und nicht mit der Bahn.) In unserem Kiez gibt's alles. Was soll ich da woanders in Berlin?

Wie bin ich denn da jetzt eigentlich draufgekommen? Ach ja, die Knallersause und die Werbung.

Tja, das ist so ein Ding. Ich habe ja auch schon mal heimlich Fotos von einer Pancake-Probe gemacht, aber wenn ich die ernsthaft jemandem zeigen würde, dann wäre das eher das Gegenteil von Werbung. Weil man das, was einmal die Woche im Hinterzimmer des Broilergrills stattfindet, selbst als der allergrößte Fan nicht als Bandprobe bezeichnen kann. Meistens sitzen die Jungs bloß zusammen und quatschen, und dann fragt Karl, ob sie denn mal was Neues ausprobieren sollen, womit er einen der Songs meint, die Papa heimlich selbst schreibt. Und alle sagen »Och, nö«. Und »Och, beim nächsten Mal«. (Papa selbst sagt das immer am lautesten.) Und dann spielen sie einen Elvis-Song, und der ist dann richtig gut, und dann noch einen, aber die müssen sie ja alle nicht mehr proben. Und darum lassen sie es dann auch nach dem zweiten Song wieder und quatschen lieber weiter. Ich sag's ja. So wird das nix.

Aber … na ja. Der harte Kern ist gekommen. Frau Bulette

und Gitti, ein paar aus dem Kiez (zum Beispiel Karim!) und die Hähnchenbrüder. Ich bin natürlich auch da. (Logisch, irgendwer muss Papa ja seine ganzen Sachen hinterhertragen, damit er nicht wegen jeder Kleinigkeit noch mal nach Hause muss und am Ende sogar zu spät zu seinem eigenen Auftritt kommt.)

In zehn Minuten fangen die Pancakes an zu spielen. Ich hocke gemütlich auf einem der Biertische, die Manni neben dem Grill aufgestellt hat. Manni ist bei uns im Kiez für all so was zuständig. Eine richtige Arbeit hat er schon lange nicht mehr. Ich glaube, weil seine Lunge kaputt ist. Aber wenn irgendwo Not am Mann ist, dann rufen alle Manni. Wen sonst?

»Na, Josi! Bereit?« Frau Bulette schwebt über den Platz auf mich zu. Ich habe sie seit gestern früh nicht mehr gesehen. Und wenn ich nicht wüsste, dass es wirklich sie ist, dann müsste ich glauben, dass jemand meine Frau Bulette gegen eine Dame von Welt ausgetauscht hat. Sie hat den Frittenkittel durch ein Kleid ersetzt. Und was für eines. Der Fummel stammt mit Sicherheit aus der Zeit, als Elvis noch selbst gesungen hat und Frau Bulette noch keinen Broilergrill, geschweige denn Hüftgold hatte.

Au Backe, da müssen wir heute aber auf Manni aufpassen! Nicht dass er es neben der Lunge bei Frau Bulettes Anblick auch noch am Herz kriegt. Und das, wo er doch bei ihr immer nur auf Granit beißt.

Frau Bulette redet nicht darüber, aber ich kenne den Grund, warum sie nichts von der Liebe hält: Herbert.

Der Herbert war ein Wahnsinnskerl. Einer, der Frau Bulette auf Händen getragen hat. Der ihr das Blaue vom Himmel versprochen hat und außerdem, dass sie ein eigenes Tanzlokal haben wird, wenn er sie erst geheiratet hat. Von dem Tanzlokal hat Frau Bulette nie was gesehen. Und eines Tages auch vom Herbert nicht mehr. Weil der nämlich Karriere gemacht hat. Dafür musste er aber erst mal alle Geheimnisse, die Frau Bulette ihm vor lauter Verliebtheit erzählt hatte, an irgendwelche wichtigen Politiker ausplaudern. Warum die sich ausgerechnet für Frau Bulettes Geheimnisse interessiert haben?

Haben sie nicht. Frau Bulettes Geheimnisse waren nämlich nicht die einzigen, die der Herbert ausgeplaudert hat. Und er war da auch nicht alleine. Eine Menge Leute haben auf diese Weise eine Menge toller Karrieren hingelegt. Und die anderen? Na ja, von denen haben viele so aus der Wäsche geschaut wie Frau Bulette.

Überhaupt war zu Herberts Zeit hier im Kiez nicht so eitel Sonnenschein wie jetzt. Denn auf der Hälfte der zwei Querstraßen war damals Schicht. Schicht in dem Sinn, dass da eine Mauer war. Die hat die beiden Straßen – und auch noch ein paar andere in Berlin – einfach in der Mitte durchgesäbelt. Kein Durchkommen. Auf der anderen Seite war ein anderes Land. Welches von beiden jetzt besser war, darüber streiten sich die Hähnchenbrüder und Frau Bulette noch immer manchmal.

Kalle und Jannis sind nämlich »von Drüben«, wie Frau Bulette sagt. Der Manni und sie sind von hier. Wobei Jannis und Kalle das als das eigentliche Drüben bezeichnen, und aus ihrer Richtung gedacht stimmt das ja auch. Zumindest, wenn man mal davon absieht, dass Jannis ursprünglich sowieso aus Griechenland kommt. Aber daran erinnert er sich selbst kaum noch.

Der Herbert hat jedenfalls geplaudert. Und weil bei diesen Geheimnissen wohl ein paar Sachen dabei waren, die die Politiker nicht so doll fanden, konnte sich Frau Bulette das Tanzlokal abschminken. Kein Wunder also, dass sie es neben der Liebe und dem Internet auch mit der Beauty nicht so hat. Einmal richtig abgeschminkt hält für immer, schätze ich. Trotzdem hängt sie irgendwie an damals. Auch wenn sie die Politiker, die hier früher das Sagen hatten, verachtet.

»Aber det eene hat ja mit det and're nüscht zu tun, Josi«, sagt sie immer.

Ich bin mir da nicht so sicher. Sicher ist auch wer anders nicht. An Frau Bulettes Seite steht Gitti, die sie untergehakt hat – was auch besser so ist. Gitti hat heute nämlich verbotene Schuhe an. Ein Absatz, so dünn wie ein Pommespiker, irre hoch und ansonsten nur Riemchen. Es ist ein Wunder, dass damit überhaupt jemand gehen kann. Gitti kann es nämlich nicht. Sie torkelt und schwankt, dass man gar nicht hinschauen möchte, weil es nur eine Frage der Zeit ist, bis sie umknickt. Unter Garantie.

»Schick, schick, schick, Josi«, flötet Gitti und zwinkert mir verschwörerisch zu. Hä? Ich habe das an, was ich immer anhabe. Jeans. Und ein T-Shirt.

»Na und ihr erst«, gebe ich zurück. Ich muss dringend Zeit gewinnen. Mein Gehirn fährt gerade Kettenkarussell. So wie Gitti sich aufführt, war sie also gestern wirklich nicht in Gefahr. Aber was war dann mit ihr los? Ganz offensichtlich irgendwas, was sie dazu bringt, sich für einen Teenager zu halten. Und Frau Bulette? Die strahlt richtig in ihrem Elvis-Gedächtnis-Kleid.

»Und, alles fit bei deinem Paps?«, stoppt Gitti das Karussell. Sie ist immer besorgt, dass Papa krank werden könnte.

»Fit wie ein Hähnchen auf der Flucht«, beruhige ich sie.

»Puh, is det heiß heute«, bemerkt Frau Bulette und wedelt sich mit der Hand Luft zu. So wahnsinnig warm ist es jetzt auch wieder nicht, aber wer weiß, ob in Frau Bulettes Kleid auch Platz zum Atmen ist. Außerdem ist es bestimmt Schwerstarbeit, Gitti auf ihren Stelzen festzuhalten.

»Josi, sei doch so jut und bring deiner ollen Oma ma 'ne Brause.« Sie kramt in ihrer minikleinen Abendhandtasche und drückt mir einen Zwanziger in die Hand.

»Und du, Gitti?«, frage ich und hüpfe von der Bank. »Auch 'ne Brause?«

»Aber unbedingt!« Gitti zwinkert mir schon wieder zu, was sie komischerweise noch ein bisschen mehr aus dem Gleichgewicht bringt, und ich düse los.

Kalle hat ein paar Getränkekisten aus dem Kiosk auf die Straße geschleppt und mit einem Berg aus Eiswürfeln überhäuft, damit sie auch schön kalt sind. Weil er das aber schon vor einer ganzen Weile gemacht hat, stehen er und seine Kisten jetzt in einem See aus Eiswasser. Ich platsche durch die Pfütze, dass es nur so spritzt, und wedle mit dem Schein.

»Achtung, Josi!«, ruft Kalle.

»Na, Kalle?«

»Na, du Remmidemmi-Kind?« Er schiebt seine Sonnenbrille auf die Stirn, sodass sie in der Mitte zwischen den Augenbrauen und den nach hinten gegelten Haaren hängt.

»Was kann ich denn für dich tun?«

»Dreimal Limo bitte«, bestelle ich. »Zweimal rot und einmal gelb.«

Kalle nimmt drei Limoflaschen aus einer der Kisten und öffnet sie. »Zwei rote für die Damen vom Grill und eine gelbe für das Stelzentier«, sagt er und grinst.

Ich grinse zurück. Dass Gitti die gelbe Limo kriegt, ist nämlich glasklar. Weil Frau Bulette und ich nur Rot trinken.

»Und was nimmt dein Freund?«

»Hä?«

»Na, dein Freund, der da schon die ganze Zeit vor deinem Haus rumlungert und dich von Weitem anschmachtet.« Kalle zeigt über den Platz. Ich gucke mich um. Und das glaubt man ja nicht. Da steht tatsächlich Jonas. Seine Schirmmütze hat er tief ins Gesicht gezogen, aber ich erkenne ihn trotzdem. An seinem schicken Rucksack. Und an dem Handy, mit dem er … Moment mal! Der filmt mich? Etwas klickt, etwas rattert, und auf einmal liegt das fehlende Puzzleteil da, wo es hingehört.

»Bin gleich zurück.« Ich lasse Kalle mit den Limos stehen. Schneller als *The Blitz* sause ich über den Platz.

»Du filmst mich?«, rufe ich ihm zu, noch bevor ich bei ihm angekommen bin.

Er guckt mir cool entgegen und sagt nichts.

»Los, her damit. Zeigen und dann löschen. Aber zackig.«

Jonas rührt sich nicht.

»Hast du Tomaten auf den Ohren?«, motze ich ihn an und greife nach seinem Handy. Er reißt die Hand weg.

»Wow! Finger weg. Meins«, sagt er und lässt das Telefon in seiner Hosentasche verschwinden. Aha, das ist ja wohl Beweis genug. Er hat mich also wirklich gefilmt.

»Dein Handy. Aber meine Rechte«, kontere ich. Damit kenne ich mich aus. Leute filmen, ohne dass man sie gefragt hat, darf man nämlich nicht. Papa ist da so was von hinterher, wenn es um die Pancakes geht. Weil so ein Film im Handumdrehen im Netz landet, und dann kommt keiner mehr zu den Konzerten, weil die Leute faul sind.

Wer von all den Leuten, die eh schon nicht kommen, denn genau wegbleibt, habe ich lieber nicht gefragt. Papa hat ja auch so schon genug damit zu tun, sich einzureden, dass die Pancakes nur noch einen Schritt davon entfernt sind, eine richtig große Nummer zu werden. Da kann er nicht auch noch meine Portion Durchblick gebrauchen.

»Worauf wartest du? Soll ich meinen Anwalt anrufen?«

Ja, klar. Als ob ich einen Anwalt hätte. Das weiß Jonas natürlich. Das mit den Rechten allerdings auch, wie es aussieht, denn er kneift die Augen zusammen und zieht sein Handy aus der Tasche.

»Geht doch«, sage ich. Jonas öffnet das Video.

»Los, zeig her«, befehle ich.

Ab da läuft leider nichts mehr wie geplant. Statt auf Play drückt Jonas nämlich auf Löschen.

»Was ist denn bei dir kaputt?« Ich starre ihn wütend an.

»Hast du gesagt, ich soll's löschen, oder hast du es gesagt?« Er linst oberlässig unter seiner Mütze hervor, die allerdings eher komisch aussieht. Sie hat ein schwarzes Plastikviereck vorne drauf. Wozu soll das denn gut sein? »Außerdem«, sagt Jonas, »könnte ich dich das ja wohl auch fragen.«

Na, das ist ja wohl die Höhe.

»Oh, danke. Aber deine Sorgen sind umsonst. Bei mir ist alles in Ordnung«, kläre ich ihn wütend auf. »Und darum kannst du mich mal gernhaben. Geh am besten dahin zurück, wo du hergekommen bist.«

Er geht tatsächlich. Die Richtung stimmt allerdings nicht so ganz. Vom Platz, wo die Knallersause stattfindet, ist er nämlich ganz sicher nicht gekommen.

Ich überlege noch, was ich jetzt tun soll, da dreht er sich zu mir um. »Na, was ist? Willst du den ersten Song verpassen?«

Ach ja, das hätte ich beinahe vergessen! Die Pancakes müssen jede Minute auf die Bühne. Das haben sie aber sicher nicht auf dem Schirm. Ich frage mich wirklich, wann die Jungs sich mal angewöhnen, auf die Uhr zu gucken. Aber es hilft nichts. Ich marschiere los, an Jonas vorbei, der mich blöde anguckt, und rüber zum Platz.

»Thorsten, es wird Zeit!«, rufe ich, als ich bei den Klappstühlen ankomme, auf denen die Pancakes es sich bis zu ihrem Auftritt gemütlich gemacht haben.

»Du sollst ihn doch Papa nennen!«, antworten drei von vier Pancakes lachend im Chor.

Ich grinse. Darum mag ich die Jungs. Jojo, Karl und Hannes sind schon mit Papa befreundet, seit sie sich im Sandkasten mit den Schaufeln auf den Kopf gekloppt haben. Sie wissen alles über ihn. Und ziemlich viel über mich. Jojo war dabei, als Mama sich aus dem Staub gemacht hat. Karl hat zugeguckt, wie ich Laufen gelernt habe. Und Hannes hat mir mein erstes Fahrrad besorgt. Wenn es die Pancakes nicht gäbe, wäre Papa vielleicht auch abhandengekommen. Nicht wie meine Mutter. Die ist mit einem anderen auf und davon, auch wenn Papa das nie zugibt. Nee, Papa wäre sich selbst verloren gegangen. Aber das haben Kalle, Hannes, Jojo, Frau Bulette und ich verhindert!

»Los. Kommt in die Puschen!«, feuere ich Hannes, Karl und Jojo an. Außer, dass sie sich über Papas Papatick lustig gemacht haben, ist nämlich nichts passiert.

Ich ziehe Papa von seinem Stuhl hoch und schiebe ihn zu seiner Gitarre. Er guckt ganz sauer. Was ist denn los? Vorhin war er doch noch total gut drauf. Aber als ich mich zu Karl umdrehe, der sich gerade seinen Bass umschnallt, weiß ich Bescheid. Karl bewegt nämlich stumm die Lippen, und ich kann ein einziges Wort lesen. Sofia. Ach, na klar. Das hätte ich mir ja denken können. Sofia ist nicht gekommen.

»Ist nicht so schlimm, Papa«, versuche ich, ihn zu trösten.

»Nein, ist es nicht«, murmelt er.

Ist es aber doch.

Da umarme ich ihn. Das mag er zwar nicht, wenn er gleich singen soll. Aber das ist mir piepegal, da muss er durch.

»Ist gut jetzt«, mischt sich Karl von hinten ein. »Genug der Liebe. Es geht los.«

Und wie das losgeht. Die Pancakes rennen in die Mitte des Platzes, dahin, wo das Schlagzeug schon aufgebaut ist. Ich flitze zum Mischpult und drehe den Sound auf, und Papas Butterkaramellschmalzstimme kommt durch das Mikro. Elvis wäre neidisch. Gitti und Frau Bulette fallen fast in Ohnmacht wegen Papas Elvisstimme (oder wegen des zu engen Kleids und der Stelzen). Und neben mir steht urplötzlich Jonas. Wie macht der das, dass ich ihn immer erst bemerke, wenn er schon da ist?

»Nicht schlecht«, sagt er. »Aber…«

»Aber was?«

»Jemand anderes sein zu wollen, ist eine Verschwendung deiner Person.«

Hä? Was soll das denn heißen?

»Ist von Kurt☆. Frag mal deinen Vater.« Er guckt rüber zu den Pancakes. Findet er die jetzt gut oder nicht?

»Pft«, mache ich. »Und dieser Kurt weiß also Bescheid, ja?«

Jonas grinst. »Ich denke, schon. Oder siehst du hier viele Elvis-Fans?«

»Pft«, mache ich noch einmal. »Dein Kurt kann mich mal.«

Das ist mir ja viel zu blöd. Zum Glück hat Kalle sich wohl gerade an meine Limos erinnert und kommt zu uns rüber.

☆ Kurt hieß Cobain mit Nachnamen und war selbst ein Sänger. Thorsten weiß das sicher. Josi ist das allerdings eher schnuppe. Dieser Kurt kann Elvis sicher nicht das Wasser reichen.

»So, zweimal Rot und einmal Gelb. Ich hab sie für dich gekühlt, solange du beschäftigt warst.« Er grinst. Dann mustert er Jonas. »Und du? Lass mich raten. Weder Rot noch Gelb. Du bist ...« Kalle runzelt die Stirn. »Ein Cola-Typ.«

Jonas guckt ihn an, als hätte Kalle gesagt, er wäre vom Mars. Dabei hat Kalle den Nagel auf den Kopf getroffen.

»Wie auch immer.« Kalle dreht sich wieder zu mir um. »Ich glaube, der Fanclub ist am Verdursten. Du solltest den Damen wirklich was bringen.«

Danke, Kalle! Endlich habe ich einen guten Grund, Jonas abzuhängen.

»Du siehst, ich habe zu tun«, sage ich zu Jonas und lasse ihn stehen.

»Josiiiiiii«, singt Gitti, als sie mich kommen sieht. »Dich schickt der Himmel!«

Sie singt es zur Melodie des Songs, den Papa gerade trällert. Frau Bulette fällt ein.

»Der Himmel! Der Himmel! Der Himmel!«, plärrt sie.

Ich gebe schnell die Limos ab. Das Glück der beiden blubbert doller als ihr Getränk. Mir ist das zu viel. Ich bin gerade nicht in Blubberlaune. Was soll ich jetzt machen? Am Mischpult wartet das Gegenteil von Glück. Und ich bin irgendwo dazwischen.

Wie bestellt und nicht abgeholt mitten auf dem Platz rumstehen, will ich aber auch nicht.

»Keine Lust zu tanzen?«, fragt das Gegenteil von Glück, als ich zum Mischpult zurückkomme.

»Ich hasse Bewegung«, ist meine nicht gerade unglaublich schlagfertige Antwort. Aber es ist leider die einzige, die mir einfällt.

»Glaub ich nicht«, grinst Jonas. »So wie du gestern mit deinem Skateboard rumgeflitzt und treppauf-treppab gehopst bist, als wäre dir die Sicherung durchgebrannt ...«

»Ha, ha! Nicht witzig«, muffle ich. Erst da fällt mir auf, was Jonas da herausposaunt hat. »Du hast mich bemerkt?«

»Was denkst du denn? Dass du Null-Null-Sieben höchstpersönlich bist? Dich hätte gestern sogar ein blinder Maulwurf mit Hörschaden nicht übersehen können.« Er steht auf. »Und jetzt gib mir mal meine Kamera zurück. Ich muss los.«

Zack, damit ist es raus. Er hat es selbst ausgesprochen.

»Deine Kamera?« In mir drin flippt und wirbelt ein Haufen Flummis, und es ist so was von laut, dass ich mich selbst kaum höre. (Vielleicht sind es aber auch nur die Pancakes, die hinter uns grade so richtig loslegen.) Der Wolf aus dem Video mischt sich unter die Flummis und versucht, sie mit seinen Reißzähnen zu fangen. Ich blinzle, damit er weggeht.

Jonas hat mich und unseren Dachgarten gefilmt. Das ist richtig unheimlich. Aber das bedeutet noch was anderes. Von ihm sind auch die anderen Filme. Und das ist noch viel gruseliger.

»Die ist leider vom Dach gefallen«, informiere ich ihn. Diese Kamera ist nämlich seit eben ein Beweismittel. Ich weiß noch nicht, wofür genau, aber das werde ich herausfinden. »Und wenn ich dafür in den Rachen des Wolfs muss«, flüstere ich. Oh, ich glaube, ich werde wahnsinnig.

Das glaubt auch Jonas. »Der Rachen des Wolfs?«, fragt er. Dann baut er sich vor mir auf. »Vom Dach gefallen, ja? Du hast meine Filme gesehen. Also, rück sie schon raus.«

Den Teufel werd ich tun.

»Und wie sie mir vom Dach gefallen ist«, rufe ich. »Aber ich sag dir was: Ziemlich absichtlich ist sie mir da runtergefallen. Du hast nämlich recht. Ich habe die Filme gesehen. Was denkst du denn? Dass die Leute, die du heimlich beobachtest, sich nicht dafür interessieren, was du da so filmst? Was stimmt denn nicht mit dir?«

Er kommt einen Schritt auf mich zu. Ich glaube, ich sollte mich lieber vom Acker machen. Jonas sieht richtig wütend aus. Nein, traurig. Oder irgendwie müde. Oder ... Ich komme gar nicht hinterher, so schnell passieren da Sachen in seinem Gesicht. Als er endlich stehen bleibt, sieht Jonas aus wie ein kleiner Hund, der Angst hat.

»Äh, alles in Ordnung?«

»Logisch«, sagt er bloß, und ich glaube ihm kein Wort. Ich weiß gar nicht, warum, aber ich habe Mitleid mit ihm.

»Achtung, Josi!«, murmle ich.

Da fängt Jonas plötzlich an zu lachen. Richtig laut. Er brüllt fast.

»Du bist aber auch nicht ganz sauber, oder?«, giggelt er, als er sich ein bisschen beruhigt hat. »Sprichst den ganzen Tag mit dir selbst. Warum? Hat wohl kein anderer Lust, dir zuzuhören, was?«

Ich weiß nicht, was daran so lustig ist. Stimmt ja, vielleicht habe ich nicht so viele Freunde. Mal abgesehen von Frau Bulette, den Hähnchenbrüdern und den Pancakes. Aber ich kann doch auch nichts dafür, dass ich all den Krempel, mit dem sich die Mädchen in meiner Klasse so beschäftigen, langweilig finde. Mal ehrlich, was soll denn daran toll sein, anderen im Internet dabei zuzugucken, wie sie sich schminken? (Da reicht mir schon der Mittwochsklatsch.) Und wenn die sich nicht schminken, dann gehen sie einkaufen. Das fällt auch flach. Ich kann ja schlecht zu Papa sagen: Mach doch mal noch eine Mitternachtsschicht. Ich hätte nämlich gerne mehr Taschengeld, um mir Zeug zu kaufen, das ich gar nicht brauche.

»Und du?«, gebe ich sauer zurück. »Bist ja richtig umzingelt von Leuten.«

»Ich brauch keine Freunde. Aber du ja wohl schon. Sonst würdest du mir nicht dauernd nachlaufen.«

Da bleibt mir jetzt aber die Spucke weg.

»Ich laufe dir nach? Und wovon träumst du nachts?«

»Jedenfalls nicht von riesigen Wölfen.« Jetzt grinst er wieder. Aus dem soll aber auch einer schlau werden.

»Ich hab überhaupt nicht davon geträumt«, sage ich leise.

»Willst du ihn sehen?«, fragt Jonas, und plötzlich kommt er mir vor wie ein kleiner Junge an Weihnachten.

»Wen?«

»Na, den Wolf!«

Dafür gibt es nur eine Antwort. NEIN! Auf keinen Fall!

»Den Wolf aus deinem Film? Klar!«

»Dann lass dir 'ne Ausrede für die Eierkuchen da einfallen. Wir sind nämlich eine Weile weg.«

EIN DRACHE, EIN DINO UND EIN SCHWAN

Na, da habe ich mir ja eine hübsche Suppe eingebrockt. Nicht nur, dass ich mich heimlich von der Knallersause weggeschlichen habe, ich habe außerdem keine Ahnung, wo wir hier sind. Zuerst sind wir mit einer ganzen Menge Freitagabend-Leuten in der Straßenbahn mindestens zwanzig Stationen weit gefahren. Dann sind wir in die U-Bahn umgestiegen und später noch in die S-Bahn. Die vielen Leute waren irgendwann weg, und da, wo wir jetzt sind, ist kein Mensch mehr.

Ich folge Jonas eine mehr als verlassene Straße entlang. Das ist vermutlich die blödeste Idee, die ich je hatte. Ausgerechnet mit Jonas, der mit Geld um sich schmeißt, heimlich Leute filmt und ziemlich sicher alte Damen beklaut. Aber jetzt gibt es kein Zurück mehr. Ich würde ja noch nicht mal wieder hier wegkommen. Dabei weiß doch spätestens seit Hänsel und Gretel jedes Kind, dass man sich den Weg immer gut merken soll, wenn man sich nicht auskennt. Okay, Brotkrumen wären in der Großstadt wohl auch nicht die beste Lösung. Aber etwas Aufmerksamkeit hätte bestimmt nicht geschadet. (Mensch, Manni, ich klinge schon wie meine Lehrer.)

Ich bleibe stehen. Na gut, das hier ist schiefgelaufen. Aber dann will ich jetzt wenigstens eines wissen: »Was hast du mit Oma Hunger gemacht?«

»Häh?« Jonas bleibt auch stehen und sieht sich nach mir um.

»Du weißt genau, was ich meine. Was hast du mit ihr gemacht?«

»Wie …? Was soll ich denn mit ihr gemacht haben?«

»Du warst bei ihr, und danach bist du bei uns im Haus verschwunden. Abgesehen davon, dass du mich davor auch noch beobachtet hast, ist Oma Hunger seit zwei Tagen wie vom Erdboden verschluckt.«

Jonas zieht eine Augenbraue hoch.

»Seit zwei Tagen? Das war erst gestern.«

»Seit gestern sind viele Apfeltaschen ins Fett geplumpst«, antworte ich. »Normalerweise kommt Oma Hunger jeden Nachmittag und holt sich eine davon, und das hat sie gestern und vorgestern nicht gemacht. Also denk nicht, du kannst mich für dumm verkaufen mit deinem Gestern.«

»Gestern hast du mir vor allem meine Kamera geklaut«, stellt Jonas fest.

»Geklaut? Die war ja wohl zufällig in meinem Dachgarten. Was hast du denn daran nicht kapiert, dass man andere Leute nicht heimlich filmen darf?«

»Ach ja, die Sache mit deinem Anwalt.« Er geht weiter, aber ich weiß zu einhundert Prozent, dass er grinst.

Okay, ich muss wirklich aufhören, Zeug von mir zu geben, das total unrealistisch ist. Das wird er mir noch in drei Jahren aufs Brot schmieren. Vorausgesetzt, ich wurde bis dahin nicht von einem Wolf gefressen. Apropos Wolf …

»Wo ist denn jetzt dein geheimnisvolles Ungeheuer?« Ich habe keine Lust mehr, hier noch länger völlig sinnlos herumzulaufen.

»Wenn du endlich aufhörst zu quatschen, zeige ich es dir. Wir sind gleich da.«

Wer soll hier bitte aufhören zu quatschen? Ist ja nicht so, als würde ich alleine reden. Aber ich kann auch den Mund halten, das wird er schon sehen. Ausnahmsweise.

Bis zum Ende der Straße bin ich still. Totenstill geradezu. Und das soll mir erst mal einer nachmachen, in dessen Gehirn sich Flummis mit einem Feuerwerk abwechseln.

Aber am Zaun ist Schluss – mit der Straße und mit dem Mundhalten.

»Bist du sicher, dass wir hier richtig sind?«

Jonas schüttelt den Kopf. Na, toll.

»Du bist dir nicht sicher?«, flüstere ich.

Es wäre vielleicht schlau, auf der Stelle wegzurennen oder

laut zu brüllen oder irgendwas anderes von den Sachen zu machen, die Papa mir beigebracht hat, falls ich mal in der Klemme stecke. Das Problem ist nur, dass Jonas zwar komisch ist. Aber gefährlich oder Ähnliches finde ich ihn eigentlich nicht. Er kommt mir im Gegenteil eher so vor wie jemand, der überhaupt keinen Plan hat. Nicht mal den klitzekleinsten. Trotzdem werde ich das Gefühl nicht los, dass es falsch ist, hier zu sein.

»Los jetzt.« Er guckt sich um. Warum das denn, es ist doch absolut niemand hier? Als er das endlich auch gemerkt hat, marschiert er auf ein Gebüsch zu, das am Fuß des Zauns wächst, und verschwindet darin. Mir nichts, dir nichts steht er auf der anderen Seite. Wieselflink ist er auf einmal, das hätte ich ihm gar nicht zugetraut.

Also, wenn da ein Loch ist, dann ist es wirklich gut versteckt. Und ich frage mich, wie Jonas es wohl gefunden hat.

»Worauf wartest du?«, erkundigt er sich leise.

»Auf den Weihnachtsmann«, gebe ich zurück.

»Na, dann sieh mal zu, dass du beim Warten nicht erwischt wirst. Sonst bin ich nämlich mit dran. Weil du ja den Mund nicht halten kannst.«

Ich habe keine Ahnung, wovon Jonas spricht. Aber was ich verstehe, ist, dass ich wohl besser bei ihm bleibe. Und dass es garantiert verboten ist, da auf der anderen Seite des Zauns zu sein. Was von beidem der Grund ist, dass ich im nächsten Augenblick im Gebüsch hocke und mich durch das Loch zwänge, weiß ich genauso wenig. Aber auf einmal bin ich drüben.

»Aha«, sagt Jonas nur. Dann läuft er los. Und ich hinterher.

Geduckt huschen wir über eine Wiese. Auch hier ist weit und breit kein Mensch zu sehen. Wir ducken uns trotzdem. Jonas, weil … ach, keine Ahnung, er wird schon wissen, warum. Und ich, weil … na ja, vielleicht sieht mich der Wolf dann nicht so schnell.

Wir flitzen zwischen ein paar Bäumen hindurch und … auf einmal ist der Wolf mein kleinstes Problem. Ich bleibe abrupt stehen.

»Waaaaah …«, quieke ich und schimpfe mich heimlich: Boah, Josi, du Feigling. Aber, ganz ehrlich, wer wäre nicht wenigstens ein kleines bisschen feige in meiner Lage. Ich stehe Auge in Auge mit einem T-Rex! »W-w-was ist d-d-das denn?«, stottere ich daher.

Jonas hat gemerkt, dass ich mich nicht mehr hinter ihm herducke, und kommt zu mir (und dem T-Rex!) zurück.

»Ein T-Rex. Tyrannosaurus Rex, von lateinisch ›Tyrannus‹, also ›König‹ oder ›Despot‹, und ›sauros‹, ›Echse‹. Fleischfressender Theropode, wobei man …«

»Hältst du vielleicht mal die Luft an?«, unterbreche ich ihn. »Ich weiß, dass das ein T-Rex ist, wer weiß das denn nicht? Aber was macht der hier?«

Jonas guckt sich den Saurier an.

»Rumliegen«, sagt er dann.

Und leider hat er mal wieder recht. Ich stehe nämlich gar nicht Auge in Auge mit dem Monster. Der T-Rex ist zur Seite gekippt. Und er sieht aus, als hätte er einen wilden Kampf hinter sich. Ein Bein fehlt. Und außerdem … ist er aus Plastik.

»Kommst du jetzt oder hast du die Hosen schon voll? Dann mach dich lieber vom Acker. Weil ich dich so nämlich hier drin nicht brauchen kann.«

Mich kann man immer brauchen. Aber das sage ich ihm nicht. Wird er schon noch merken.

»Ich bin kein Angsthase, falls du das meinst«, informiere ich ihn stattdessen. Papa sagt immer, wenn man sich Sachen einredet, dann werden sie auch wahr. Also: Ich bin kein Angsthase! Ich … bin … kein …

Woher kommt eigentlich dieses Quietschen auf einmal? Es klingt nicht wie ein alter Drahtesel. Eher wie eine Tür, die man mal ölen müsste. Eine sehr, sehr große Tür! Vielleicht von einem Riesen? Der Wind trägt das Geräusch durch die Luft zu uns her.

Ich gucke mich um. Nichts zu sehen.

»Josi, jetzt komm endlich!«

Jonas ist schon weitergelaufen und biegt gerade hinter einem riesigen Schwan auf einen überwucherten Weg ab. Warum läuft er denn nicht geradeaus über die Wiese?

Ich folge ihm auf dem direkten Weg. Ich habe es mit dem T-Rex aufgenommen, da macht mir der Schwan keine Angst. Vermutlich ist der auch aus Plastik.

Ist er. Und obendrein ist er ein Boot. Der Schwanenkörper ist ausgehöhlt und hat Sitzbänke, zwischen denen Gras wächst. Aber was macht das Boot denn hier auf dem Trockenen?

Egal, das finde ich später raus, genauso wie die Sache mit dem T-Rex. Ich laufe weiter, da brüllt Jonas:

»Achtung, Josi!«

Echt jetzt? Ehrlich? Fängt der jetzt auch noch an? Trotzdem: So wie er es ruft, klingt das überzeugend. Ich bleibe auf der Stelle stehen. Gerade noch rechtzeitig. Mein linker Fuß, der etwas weiter vorne ist als der rechte, ist auf einmal nass. Und die Wiese unter ihm bewegt sich.

Äh, Augenblick mal. Das ist gar keine Wiese. Ich gucke genauer hin. Mein linker Fuß steht im Wasser. Das Grüne sind irgendwelche Wasserpflanzen.

»Boot, Wasser ... logisch, Josi?«, murmle ich. »Mensch, Manni ...«

Eins ist definitiv klar. Ich bin hier an einem echt komischen Ort gelandet. Vielleicht ist das sogar ein geheimnisvolles Märchen und ich bin auf unserer ewig langen Fahrt durch Berlin irgendwo in einen verwunschenen Zug eingestiegen. Könnte ja sein. Und ist garantiert auch schon mal irgendwo irgendwem irgendwann passiert. Warum also soll so was nicht auch mir passieren? Dann wäre nur die Frage: Ist Jonas vielleicht wie ein Reisender zwischen den Welten? Aber was für eine Welt ist denn das hier überhaupt? »Eine quietschende, verwunschene Welt mit einem bösen Riesenwolf, den auch der T-Rex nicht besiegen konnte«, flüstere ich und höre auf zu rennen. Es kommt mir auf einmal so vor, als wäre Rennen in dieser Welt verboten. »Der Wolf lebt zurückgezogen in dem Wäldchen da drüben.«

Ich gucke Jonas hinterher, der jetzt querfeldein zu ein paar Bäumen hinüberhuscht. Wo ist denn plötzlich die Sonne hin? Eben war es doch noch taghell. Aber jetzt verschwindet Jonas schon fast in der Dämmerung. Ich folge ihm schnell, diesmal bleibe ich lieber auf seiner Spur.

»Er ist böse und hungrig, und neunmalkluge Jungs sind seine Leibspeise«, erfinde ich weiter.

Ich habe die Bäume fast erreicht.

»Mit jedem Jungen, den er frisst, wird er größer und schlauer. Aber der Schwan und der T-Rex haben sich gegen ihn verschworen und rufen Captain J. Mit einem *Bääm!* taucht sie auf und springt aus *The Blitz* auf die Erde herunter.«

Zwischen den Bäumen zeichnet sich etwas Graues ab. Etwas Weißes kann ich auch sehen. Ich ducke mich unter den tief herabhängenden Ästen hindurch, als ich plötzlich mit dem Fuß hängen bleibe.

»Autsch!«, fluche ich. »Vielleicht hat der Wolf eine Falle aufgestellt. Er hat gehört, dass Captain J unterwegs ist, um ihm ein Ende zu machen. Aber so leicht wird er es der flinken Captain J nicht machen. Nein, so einfach kommt sie ihm nicht davon. Doch weder er noch das Quietschen in der Luft können sie aufhalten. Vielleicht sind es Aliens, vielleicht auch ein geheimer Hypnose-Zauber des Wolfs. Doch Captain J kämpft sich unbeirrt voran.«

Ich sehe nach, woran ich da hängen geblieben bin. Es sind Schienen!

»Der alte Bahndamm! Er führt J, die Rächerin, zum Wolfs-Ungeheuer.« Ich folge den Schienen in die Richtung, in der es grau-weiß schimmert. Mein Herz hüpft mir gleich zum Hals raus, so doll schlägt es. Ich tue so, als würde ich es gar nicht bemerken, was ziemlich schwierig ist, wenn man bedenkt, dass man sein Herz ja doch gut gebrauchen kann.

»Sie muss nur den Gleisen folgen«, flüstere ich mit bedrohlicher Stimme. »Dann wird sie dem Ungeheuer auf die Schliche kommen.«

Oder vielleicht auch in die Falle gehen? Darüber will ich lieber nicht nachdenken. Ich schleiche mich näher. Wo ist eigentlich Jonas? Der war doch gar nicht so weit vor mir.

»Jonas?«, flüstere ich.

Was auch immer der Wolf in Wirklichkeit ist, er wird mich sicher nicht fressen. Vermutlich ist das auch nur wieder so ein Plastikding. Aber warum ist Jonas dann so plötzlich verschwunden? Und warum wird das so schnell dunkel?

»Jonas, lass den Quatsch. Wo bist du?«

Keine Antwort. Es ist eigentlich überhaupt total still. Nur die Bäume rauschen ein bisschen im Wind. Und das Quietschen …

»Der Wolf hat den neunmalklugen Jungen mit Haut und Haaren und mit einem einzigen Happs verschlungen«, sage ich etwas lauter. Flüstern hilft nämlich nicht gegen ein komisches Gefühl im Bauch. Laut sein aber schon. Singen sogar noch besser, aber das ist vielleicht zu laut.

Ich sag's ja, Jonas hatte einen Grund, geduckt zu laufen. Vielleicht hätte ich mir darüber mal etwas früher Gedanken machen sollen.

Der dunkle Tunnel aus dem Video, der mit den Bahnschienen, fällt mir wieder ein. Was, wenn das gar nicht Jonas war, der da durchgelaufen ist?

»Und was, wenn er es war und dich in eine Falle locken will?« Das Feuerwerk in meinem Kopf knallt wieder los. »Der neunmalkluge Junge hat den Wolf überlebt«, rede ich schnell weiter. »Er hockt wie die Großmutter in dessen Bauch und wartet auf Captain J. Aber sie ist schlauer als er. Denn es ist nicht der Wolf, den sie ausschalten muss. Es ist der Junge. Aber sie wird ihm zuvorkommen, sie wird …!«

Ich habe keine Ahnung, wie der Satz weitergeht. Die Bäume sind zu Ende. Und da ist er. Die Schienen zu meinen Füßen führen über einen zweiten grün überwucherten See direkt in sein riesiges aufgesperrtes Maul. Das Weiße, das ich schon durch die Bäume gesehen habe, sind seine Reißzähne, das Graue sein Fell. Die Ohren sind aufgestellt, und der Wolf starrt mich aus bösen gelben Augen an. Das kann ich sogar im Halbdunkel erkennen. Und da bleibt mir aber wirklich fast das Herz stehen.

»Eine Achterbahn!« Auf einmal ist mir alles sonnenklar. Es sieht aus, als würde der Wolf die Schienen verschlucken, aber eigentlich ist der Rachen nur der Eingang zu einem Tunnel, der nach kurzer Zeit wieder ans Tageslicht führt. Dahinter geht es einen künstlichen Hügel hinauf. Von Jonas ist noch immer nichts zu sehen.

»Der neunmalkluge Junge will die Rächerin über das Wasser locken. Er weiß, dass ihr Element eigentlich die Luft ist.«

So klingt es richtig gut, dass ich ein bisschen Angst vor Wasser habe. Ich kann echt alles, bloß Schwimmen ist nicht so mein Ding. Aber egal. Die Schienen führen übers Wasser, oder? Balancieren kann ich gut.

»Also los, Josi!«, mache ich mir Mut. Der erste Schritt ist leicht. Die Schienen werden gehalten von quer zu ihnen verlaufenden Bohlen. Und die liegen auf langen Balken.

»Die werden ja hoffentlich auf Stelzen stehen«, überlege ich laut. Anders kann es gar nicht sein.

»Captain J schluckt die Angst hinunter«, murmle ich und mache den nächsten Schritt. Und noch einen. Und ... es knirscht unter mir. Schnell nehme ich zwei Bohlen auf einmal. Nicht nach unten gucken. Einfach weiterlaufen.

Wenn das nur so leicht wäre.

»Aber Captain J gibt nicht auf. Nein!«

Immer schneller mache ich einen Schritt nach dem anderen. Ein paar der Bohlen sind sogar schon durchgebrochen, über die hüpfe ich einfach hinweg. Und plötzlich bin ich drüben. Puh! Das Wasser liegt hinter mir. Aber darum ist es nicht weniger unheimlich. Denn vor mir öffnet sich jetzt der Tunnel. Ich stehe im Wolfsmaul. Über mir hängen die Fangzähne wie das Fallgitter eines Burgtors. Von draußen dringt wieder dieses Quietschen herein.

»Na dann ...«, flüstere ich. Es hallt ein wenig. »Es wird Zeit, den neunmalklugen Jungen ausfindig zu machen. Und dann legt die Rächerin ihm das Handwerk. Genau wie den Aliens.«

Es ist ziemlich duster hier drin, viel kann ich nicht erkennen. Bis auf das bisschen an restlichem Tageslicht, dort wo der Tunnel zu Ende ist, und einen roten Lichtpunkt direkt vor mir. Was ist das?

»Haben die Aliens sich nun doch mit dem Jungen verbündet? Oder stecken sie mit dem Wolf unter einer Decke?«

Vorsichtig mache ich einen Schritt nach vorne, da stoße ich auf einmal mit etwas zusammen.

»Hilfeee!«, brülle ich lauthals los.

Captain J ist vielleicht cool in jeder Lebenslage, aber ich bin es nicht. Nicht im Stockdunkeln alleine in einem geheimnisvollen Märchenland voller Gefahren.

»Hey, entspann dich«, sagt der rote Punkt. Er tanzt jetzt nah vor meinen Augen auf und ab. Dann geht ein superhelles Licht an, und da sehe ich das Alien. Jonas steht vor mir. In der Hand hält er sein Handy mit eingeschalteter Taschenlampe.

»Bis auf die Sache mit dem Lieblingsessen des Wolfs nicht schlecht«, sagt er und grinst mich an. »Wir müssen nur hier und da etwas nachbessern, dann wird das was.«

Wie bitte? Wovon redet der denn schon wieder?

»Jetzt guck nicht wie ein Reh im Scheinwerferlicht.«

»Das mit dem Scheinwerferlicht stimmt schon mal«, maule ich. Diese Taschenlampe blendet vielleicht.

Er nimmt das Handy runter.

»'tschuldigung. Aber jetzt guck mal.«

Jonas öffnet seinen Kameraordner und wählt das neueste Video aus. Man sieht ein paar Füße, die einen alten Bahndamm entlanggehen. Wäre da nicht ein eindeutiges Merkmal, würde ich ja denken, dass ich das Video schon kenne. Aber das hier sind nicht dieselben Füße. Die hier erkenne ich an den goldenen Turnschuhen mit den Sternen drauf. Das sind meine.

»Der Wolf hat den neunmalklugen Jungen mit Haut und Haaren und mit einem einzigen Happs verschlungen«, höre ich mich sagen.

»Du hast mich schon wieder gefilmt!« Und noch schlimmer: Ich habe ihn nicht bemerkt, dabei war er im Wäldchen die ganze Zeit ganz nah bei mir. So nah jedenfalls, dass er meine Füße ranzoomen konnte.

Ich knuffe Jonas in die Rippen.

»Au!«, macht er. Dann überspringt er im Video ein Stück. Diesmal bin ich von vorne zu sehen, wie ich über die Schienenbrücke springe. Sieht gar nicht so aus, als hätte ich Angst gehabt. Im Gegenteil.

Trotzdem. »Du, ich mein das ernst. Leg dich bloß nicht mit mir an.« Ich überlege noch, was sonst passiert, aber das ist Jonas völlig wurst.

»Jetzt hör doch auf mit diesem blöden Erwachsenengequatsche«, meint er. »Rechte und so, alles schön und gut. Weiß ich, kenne ich, hast du schon gesagt. Guck lieber mal, wie gut das ist.«

Gut? Okay, ich kann ja noch weitergucken. Und solange überlege ich mir, was ich mit ihm anstelle, wenn er nicht endlich mit dieser Filmerei aufhört.

Er springt noch ein Stückchen vor. Jetzt stehe ich unter den Reißzähnen. Man sieht nur meinen Schatten vor dem Dämmerlicht.

»Haben die Aliens sich nun doch mit dem Jungen verbündet? Oder stecken sie mit dem Wolf unter einer Decke?«, fragt der Schatten, begleitet vom Quietschen der unsichtbaren Riesentür.

He, das ist echt gar nicht so übel. Wenn ich nicht schon wüsste, was danach passiert ist ... also, ich würde weitergucken.

»Warum tust du das?«, frage ich Jonas. Er muss ja nicht gleich merken, dass mir sein Film gefällt.

Er steckt das Handy weg. »Warum mache ich *was*?«, will er wissen. Jetzt ist er beleidigt.

»Warum filmst du alles, was du tust? Und wo sind wir hier überhaupt?« Es ist komisch, mit ihm im Dunkeln rumzustehen, auch wenn ich inzwischen wenigstens ein bisschen mehr erkennen kann.

»In Berlin«, sagt er.

»Ach, jetzt, wo du es sagst«, antworte ich.

»Du hast gefragt«, gibt er zurück.

Ich könnte wetten, dass er wieder mal grinst.

»Das ist ein alter Freizeitpark«, lenkt er ein.

Na, bitte. Geht doch.

»Willst du den Rest sehen?«

»Ja«, sage ich, bevor der Angsthase in mir es sich wieder anders überlegen kann.

»Okay, komm«, sagt Jonas und zieht mich mit sich.

EIN RIESE, EIN LACKAFFE UND ENDLICH MAL PAPA

Dieser Freizeitpark, in den Jonas mich entführt hat, ist riesig. Ich habe keine Ahnung, wie lang wir dafür brauchen, uns alles anzusehen. Aber als wir wieder am Zaun bei der Straße ankommen, ist es endgültig Nacht. In der Zwischenzeit haben wir eine alte Westernstadt, eine Drachenachterbahn, die ganze Wolfsbahn, noch eine ganze Menge Schwanen-Boote und Dinosaurier, lustige Eisenbahnwaggons mit Gesichtern und Hüten auf und ein paar eiserne Ponys gesehen. Mensch, Manni. Ich wusste nicht, dass selbst Ponys unheimlich sein können, wenn man sie nicht im strahlenden Sonnenschein anguckt, sondern nur im Schein einer Handytaschenlampe. Von der Westernstadt rede ich lieber erst gar nicht.

Aber das Beste und Gruseligste überhaupt war: das Riesenrad! Es gibt hier nämlich keine quietschende Riesentür. (Was den Riesen angeht, bin ich mir noch nicht ganz sicher.) Das Quietschen kommt vom Riesenrad. Das dreht sich im

Wind. Un-heim-lich, das kann ich euch sagen. Da guckt man hin und sieht nichts. Und dann quietscht es auf einmal, und im nächsten Moment sind die Gondeln, die gerade noch unten waren, oben und andersrum. Dass das bloß der Wind sein soll, muss man dann wirklich glauben. Sonst denkt man sich alle möglichen verrückten Sachen aus.

Als wir über den Zaun klettern und uns auf den Rückweg zur Bahn machen, kommt es mir vor, als wäre ich hundert Jahre in einer anderen Welt gewesen.

»Woher kennst du das hier?«, will ich von Jonas wissen.

»Hab ich irgendwann mal entdeckt«, antwortet er.

»Entdeckt? Einfach so?« Das kommt mir schon merkwürdig vor. Man entdeckt doch nicht einfach so etwas auf der anderen Seite eines Zauns.

»Nein, nicht einfach so. Ich habe mich schon immer gefragt, was das für ein Riesenrad ist, das man manchmal von der Spree aus sieht. Und da bin ich eben irgendwann hergekommen.«

»Man sieht das Riesenrad vom Fluss aus?«

Das klingt nicht nur so, als wäre es mir noch nie aufgefallen. Das ist es auch. Weil mir auf dem Herweg, als wir mit der Bahn die Spree überquert haben, nämlich überhaupt nichts aufgefallen ist. Geschweige denn ein Riesenrad.

»Was guckst du denn so komisch?«, will Jonas wissen.

»Hast du sonst nichts zu tun?«

Jetzt ist er es, der komisch guckt.

»Wie meinst du das?«, fragt er.

»Genau so. Ob du sonst nix zu tun hast, als rumzufahren und dir verbotene Märchenparks anzugucken. So viel dazu, dass ich keine Freunde habe, was?«

»Hast du ja auch nicht«, gibt Jonas wie aus der Pistole geschossen zurück. »Seit ich dich kenne, hängst du nur mit Erwachsenen rum. Findest du nicht, du bist etwas zu viel mit denen zusammen?«

Wie bitte? Seit er mich kennt? Na, das ist ja noch nicht allzu lang. Der spinnt doch, also echt.

»Und du bist zu viel mit überhaupt niemandem zusammen«, gebe ich zurück. Jonas guckt mich bloß an mit seinem Wandelgesicht.

Und da fällt mir auf einmal Oma Hunger wieder ein.

»Was ist denn jetzt eigentlich mit Oma Hunger? Wenn du denkst, ich habe nicht gemerkt, dass du mir das noch immer nicht erzählt hast, muss ich dich leider enttäuschen.«

Jonas grinst.

»Was ist?« Ich wüsste nicht, was daran schon wieder so lustig wäre.

»Du klingst sogar schon wie die Erwachsenen«, sagt er und biegt von der Straße in einen kleinen Weg ab, der zum S-Bahnhof führt. Ich hetze ihm nach.

»Und du klingst, als hättest du ... Ach, was weiß ich. Du

bist ein blöder Klugscheißer. Kein Wunder, dass dich keiner mag. Ich mag dich übrigens auch nicht.«

So, jetzt hat er's. Das war überhaupt nicht nett. Aber er ist selbst schuld.

Ohne was zu sagen, steigen wir in die S-Bahn. Und ohne was zu sagen, fahren wir los. Bald entdecke ich wirklich das Riesenrad, das ein Stückchen den Fluss hinunter aus den Bäumen herausragt. Es ist nur ein runder Schatten vor dem in Berlin nie ganz dunklen Himmel. Trotzdem ist es da, und ich kann es sehen. Aber das sage ich auch nicht.

Wir sind still, als wir umsteigen. Und wir sind immer noch still, als wir bei uns im Kiez ankommen. Ich glaube, das war jetzt wirklich die längste Stille in meinem Leben. Aber seltsamerweise habe ich dieses Mal gar nicht das Gefühl, dass ich gleich platzen muss, wenn ich nicht irgendwas sage. Dieses Mal sind mir irgendwie die Wörter ausgegangen.

»Achtung, Josi!«, flüstere ich darum, als wir die Straße runter auf den Platz zugehen. Die Knallersause scheint nach wie vor in vollem Gange zu sein. Zumindest mit dem harten Kern. Die Hähnchenbrüder, Gitti, Frau Bulette und die Pancakes. Auch Schalupke hat sich inzwischen dazugesellt.

Hart sind die bei genauer Betrachtung alle nicht, eher weich und um diese Uhrzeit schon ziemlich wackelig auf den Beinen. (Außer Gitti, die war das ja vorhin schon.) Darum sitzen sie auch lieber. Alle haben sich an einem der Biertische zusammengerottet. Gitti thront in der Mitte auf dem Tisch, die anderen sind auf Bänken und Stühlen drum herum verteilt. Sie lachen und unterhalten sich, und Gitti ruft: »Elvis lebt!«

»Schräge Vögel sind sie aber schon alle, deine Freunde«, sagt da auf einmal der stumme Fisch neben mir. »So gesehen passt ihr prima zusammen.«

Und da passiert etwas sehr Merkwürdiges. Ich müsste doch eigentlich wütend sein, dass er sich jetzt auch noch über Gitti und die anderen lustig macht. Und über mich, denn ich gehöre ja dazu. Aber da ist überhaupt keine Wut in mir drin. Im Gegenteil. Ich muss lachen. Und zwar so richtig. Es platzt einfach aus mir heraus. Und da lacht auch Jonas, und auf einmal ist das ganze aufgehäufte Schweigen gar nicht mehr so groß und wichtig.

Als wir aufgehört haben zu lachen, gucken wir uns endlich auch wieder an.

»Puh«, sagt Jonas.

»Was?«

»Ich finde, das war ganz schön anstrengend, die ganze Zeit woandershin zu gucken.«

»Stimmt«, pflichte ich ihm bei. »Aber wenigstens habe ich deswegen das Riesenrad vom Fluss aus gesehen.«

Jonas nickt. »So. Und jetzt ganz unauffällig«, meint er dann.

»Nee, ich sage euch, Elvis lebt!«, behauptet Gitti noch einmal sehr überzeugt, als wir ankommen. Frau Bulette widerspricht ihr. Was sie sagt, kann ich nicht verstehen, weil in diesem Moment hinter uns ein Auto die Straße entlangfährt. Vermutlich erklärt sie Gitti aber nur zum hundertsten Mal, dass Elvis schon ewig tot ist und ganz sicher nicht als Untoter irgendwo herumläuft. Aber Gitti denkt schon gar nicht mehr an Elvis.

»Ach, na sieh mal einer an. Die Turteltäubchen.«

Alle drehen sich zu uns um. Kalle, Manni, Frau Bulette, die Pancakes und, das ist am allerschlimmsten, Papa!

Turteltäubchen? Äh, nein?!

»Wir waren bloß ...«, will ich mich verteidigen. Da steht Papa auf. Er guckt ziemlich grimmig. Au, Backe.

»Josephine, wo kommst du her?«, fragt er. Dabei wirft er einen Blick über meine Schulter. Ui, wenn ich Jonas wäre, würde ich mich lieber schnell vom Acker machen.

Anscheinend hält Jonas das auch für eine gute Idee.

»Tschüss, Josi«, murmelt er. Dann höre ich, wie er sich umdreht und davonläuft. Das gibt's doch nicht!

Ich gucke mich nicht um, das hat er nicht verdient. Außerdem reicht es, dass Papa ihm hinterherschaut, als würde er sonst was mit ihm machen, wenn er auch nur einen Schritt langsamer läuft. Was hat er denn auf einmal? Jonas hat ihm doch überhaupt nichts getan. Er kennt ihn ja nicht mal.

»So, Fräulein.« Endlich guckt Papa mich an. Aber da mischt sich Frau Bulette ein.

»Nee, Thorsten«, sagt sie und steht auf. »Nu lass ma die Josi in Frieden. Die hat doch überhaupt nüscht jemacht.«

Und das sehe ich ganz genauso. (Mal abgesehen davon, dass ich irgendwo bestimmt hundert Bahnstationen von hier heimlich in ein verwunschenes Märchenland eingestiegen bin. Aber das weiß Papa ja nicht.)

Papa guckt von Frau Bulette zu mir und wieder zurück. Dann starrt er wieder über meine Schulter.

»Zeit, nach Hause zu gehen«, brummt er, und ich habe das ziemlich deutliche Gefühl, dass es besser ist, ihm jetzt nicht zu widersprechen.

»Tschüss, Frau Bulette«, murmle ich in Richtung der Sausengesellschaft, die plötzlich alles andere als fröhlich aussieht. Schalupke, Jannis, Manni und Kalle starren vor sich hin, Gitti betrachtet ihre Schuhe, als wüsste sie mit einem Mal auch nicht mehr, wer sie gezwungen hat, die Dinger anzuziehen, und Frau Bulette hat Tränen in den Augen. Nein, warte! Das kann nicht sein. Frau Bulette weint doch nicht etwa? Bloß, weil Papa böse auf mich ist und ich zu Hause vermutlich eine Standpauke abkriege?

»Irgendwas stimmt hier nicht«, stelle ich fest, während ich Papa folge. Als wir schon fast unsere Haustür erreicht haben, drehe ich mich noch mal um. Und da weiß ich auf einmal auch, was es ist. Das Auto. Ich habe gehört, dass es angekommen ist. Aber es ist ja nicht so, dass es hier nur ein einziges Auto gäbe. Trotzdem hätte ich mich lieber gleich danach umgesehen. Denn dieses Auto verändert alles, was eben passiert ist.

Es ist ein silberner Sportwagen. Aber nicht einfach irgendeiner. Dieses Auto habe ich gerade erst gesehen. Auf der Mittwochsklatsch-Zeitung! Der Fahrer ist ausgestiegen, und auch der ist wirklich der Lackaffe von dem Heft. Gut gelaunt pfeift er eine kleine Melodie vor sich hin. Heute hat er einen dunklen Anzug an, der noch hässlicher aussieht als die weißen Klamotten. Und er hat auch nicht das dürre Model dabei, sondern ...

»Sofia!« Ich drehe mich zu Papa um. »Papa, hast du gesehen ...?« Aber Papa hat schon die Tür aufgeschlossen und verschwindet im Treppenhaus. Sofia guckt ihm nach.

»Mensch, Josi«, schimpfe ich mich selbst. Natürlich hat Papa sie gesehen. Er ist gar nicht sauer auf mich. Und wahrscheinlich hat er auch überhaupt nicht Jonas so böse angeguckt.

Schnell laufe ich Papa nach. Kurz bevor die Haustür hinter mir zufällt, gucke ich noch mal zurück. Der Lackaffe im Anzug steht bei Frau Bulette. Die sieht gegen ihn ganz klein aus. Hinter ihr haben sich die Hähnchenbrüder und Gitti aufgebaut. Die Pancakes sind auch aufgestanden, und sie gucken dabei so, als wären sie jederzeit bereit, sich auf den Lackaffen zu stürzen. Sofia sagt irgendwas. Dann ist die Tür zu.

»Warte, Papa!«, rufe ich durchs Treppenhaus, aber Papa denkt nicht daran. Im Gegenteil, er rennt die Treppen hoch, als gäbe es dafür eine Goldmedaille zu gewinnen.

Darum hole ich ihn erst ein, als er gerade durch die Luke aufs Dach verschwindet.

»Papa!«, rufe ich und klettere ihm nach. Ich weiß genau, was er da oben will. Wenn man ganz nah an die Dachkante rangeht, kann man auf den Platz runterschauen. Und auf Sofia. Sofia und den Lackaffen.

So was machen Erwachsene dauernd. Wenn sie eine Sache richtig blöd finden, dann gucken sie sich die erst recht an. Und nicht nur das. Sie denken an sie, sie reden über sie. Wenn sie könnten, würden sie sie sogar mit ins Bett nehmen. Ich weiß überhaupt nicht, wozu das gut sein soll. Wenn etwas blöd ist, dann muss es weg. Schlechte Ideen, rote Kiste. Ganz einfach. Das ist ja auch nicht so schwer zu verstehen. Ich habe bloß manchmal den Verdacht, dass man das verlernt, wenn man zu lange erwachsen ist. Ich meine, man verlernt dann ja sowieso eine ganze Menge. (Den Durchblick zu haben, zum Beispiel. Zeigt mir mal einen Erwachsenen, der den noch hat. Eben!) Warum also nicht auch, wie man blöde Sachen behandeln muss?

Als ich meinen Kopf durch die Luke stecke, hockt Papa tatsächlich an der Dachkante.

»Papa«, flüstere ich. Ich habe mal gehört, dass es besser ist, jemanden, der nah am Abgrund ist, nicht zu erschrecken. Und weil mein Papa schon ein paarmal sehr nah am Abgrund war, kenne ich mich da aus.

Leise klettere ich aufs Dach und gehe zu ihm.

»Papa, sollen wir nach Kuba? Oder wollen wir auf Eroberungskurs über den Atlantik segeln?«

Ich hocke mich im Schneidersitz neben ihn. Papa guckt mich von der Seite her an.

»Nee, lass mal, Josi.«

Oje. Ich habe ihn absichtlich Papa genannt und nicht Thorsten. Aber dass er auch Josi sagt ...

»Nicht traurig sein, Papa«, flüstere ich und nehme seine Hand. »Die Sofia ist ja vielleicht ganz nett.« (Damit das klar ist, das sage ich nur, weil Papa gerade nicht noch mehr Wahrheit vertragen kann als die, die da unten auf der Straße sowieso schon stattfindet.) »Aber sie ist eben nicht so nett wie du. Darum würde das doch gar nicht gehen mit euch beiden.«

Auch wenn das die Papa-Spezial-Version der Geschichte ist: Dass das nie gut gehen würde mit den beiden, stimmt.

Papa guckt weiter auf die Straße runter. Sofia steht immer noch neben dem Lackaffen. Nur, dass der sich inzwischen das Gesicht hält und sich nach vorne beugt. Frau Bulette und Gitti haben sich hinter dem Biertisch verschanzt, und Kalle und Jannis halten Manni fest, der auf und ab hüpft wie ein Boxer. Hat der dem Lackaffen echt eine gezimmert?

»Was ist denn da los?«, fragt Papa. Das wüsste ich auch gerne. Und wir beide sind damit offensichtlich nicht alleine. Auf der anderen Straßenseite im vierten Stock entdecke ich nämlich genau in diesem Augenblick ein allzu bekanntes Gesicht am Fenster. Jonas.

»Hast du also doch was zu verbergen«, murmle ich.

»Wie bitte?«, fragt Papa irritiert.

»Was?«, frage ich zurück. »Ach so. Nicht du.« Ich nicke mit dem Kopf in Richtung Jonas rüber. »Der da.«

Papa folgt meinem Blick. »Wer ist das eigentlich?«, erkundigt er sich.

»Jonas«, sage ich. »Ist neu hier.«

Meine Gedanken fahren schon wieder Karussell. Jonas ist eben so schnell abgehauen, weil er Angst vor Papa hatte. Oder etwa nicht? Warum hängt er jetzt an Oma Hungers Fenster wie ein Spion? Was will er da unten sehen? Und warum ist er schon wieder bei ihr?

»Sieht nett aus«, sagt Papa.

»Mhm«, mache ich bloß. Nett ist ja bekanntlich die beste Tarnung, wenn man etwas zu verbergen hat – was er allerdings noch etwas üben muss. Er hat in dem Zimmer das

Licht angeschaltet. Ich kann alles erkennen. Handy und Kamera und Fernglas waren noch nicht alles, was er so zu bieten hat. Ein Laptop steht auf der Fensterbank, und ich bin mir sicher, dass der nagelneu und sauteuer ist.

»Bloß Mhm? Mehr nicht?«, hakt Papa nach.

»Er ist vor allem ein Klugscheißer«, erkläre ich.

»Na, dafür warst du aber ganz schön lang mit ihm unterwegs.« Das haben Papa und ich nämlich gemeinsam. Wir können Klugscheißer nicht ausstehen. Er macht eine kurze Pause. Dann fragt er, als hätte das eine was mit dem anderen zu tun: »Ich will nicht wissen, wo ihr heute Abend wart, richtig?«

»Mhm«, mache ich wieder.

Papa nickt. Er hat verstanden, dass es hier nicht mehr zu sagen gibt. Sein Blick wandert wieder nach unten zu Sofia. Manni hat sich inzwischen beruhigt. Der Lackaffe sitzt auf einer der Bierbänke und wischt sich mit einem Taschentuch was vom Anzug. Die Pancakes stehen noch immer da. Jetzt sehen sie eher aus wie Zuschauer in einem Theaterstück. Kalle und Schalupke reden auf Frau Bulette ein und Gitti und Jannis auf Manni. Bloß Sofia steht rum wie bestellt und nicht abgeholt.

»Die Liebe ist 'ne vertrackte Sache«, bemerkt Papa, als wüsste ich genau, wovon er spricht. Dann sind wir beide eine Weile still.

»Manchmal vermisse ich sie«, sagt Papa irgendwann. Diesmal weiß ich, wen er meint. Mama.

»Warum hast du sie denn dann überhaupt verloren?«, frage ich. Wir gucken uns nicht an. Das ist manchmal besser so, weil man mehr Sachen sagen kann, wenn man nicht auch noch damit beschäftigt ist, den anderen anzugucken.

Papa denkt nach. Dann seufzt er.

»Das weiß ich auch nicht so genau. Es ist mir einfach passiert.«

»Aber so was passiert einem doch nicht einfach«, sage ich. Allerdings bin ich mir da selbst nicht ganz sicher. Mir ist schließlich grade auch erst so einiges passiert, ohne dass ich wüsste, wie.

»Wir waren vielleicht zu unterschiedlich«, meint Papa.

»Wofür?«, will ich wissen. Muss man denn total gleich sein, damit man miteinander klarkommt?

»Fürs Zusammensein«, sagt Papa. »Fürs Leben.«

Fürs Leben? Das ist ganz schön viel.

»Aber mich zu kriegen, das habt ihr geschafft«, bemerke ich. Stimmt doch.

Papa grinst. Endlich.

»Ja. Das haben wir hingekriegt. Und ganz schön gut, will ich meinen.«

»Ganz schön gut?« Ich stehe auf. »Das war wahrscheinlich das Beste, was ihr jemals gemacht habt.« Ich schaue zu

Jonas rüber. Und er zu mir. Schnell drehe ich mich weg und gehe zur Luke.

»Mitternachtsspiegeleier?«, frage ich Papa und steige auf die Leiter.

Papa nickt und steht ebenfalls auf. »Auf jeden Fall«, sagt er. »Ich sterbe vor Hunger.«

EINE PRIVATSACHE, WAFFELN UND DER STAND DER DINGE

»Hello, Josephine!«, blökt es am nächsten Morgen wieder. Diesmal ist es nicht der Wecker mit Papas Stimme. ES ist Elvis selbst, und der singt aus den Boxen im Wohnzimmer.

»Thorsten! Es sind Ferien!«, plärre ich gegen Elvis an. Obendrein ist auch noch Samstag, weswegen ich so oder so nicht zur Schule müsste. Und Papa muss samstags nicht zur Frühschicht.

Elvis hört nicht auf zu singen. Klar, wie soll Papa mich bei der Lautstärke auch hören?

Ich springe aus dem Bett, das mit dem angeknacksten Pfosten neuerdings bedenklich wackelt, und renne ins Wohnzimmer.

»Tho–« Aber im Wohnzimmer ist gar niemand. Der Plattenspieler läuft, nur die Lautsprecher stehen nicht an ihrem Platz. Und das Fenster ist offen. Zwei Kabel führen von der Anlage dort hinaus und nach oben.

»Ach so!«

Ich düse ins Treppenhaus und klettere die Leiter hoch. Kann es sein, dass es hier nach Waffeln riecht? Lecker! Dann hat Papa also auch das Waffeleisen aufs Dach geschafft. So langsam komme ich richtig in Ferienlaune.

Die verfliegt leider augenblicklich, als ich den Kopf durch die Luke stecke. Papa ist nicht alleine. In MEINEM Liegestuhl hockt Jonas und stopft sich gerade genüsslich eine Waffel in den Mund. Er hat mich entdeckt und winkt mir zu. Da dreht sich auch Papa zu mir um. Er macht die Musik leiser und singt darüber: »Hello Josephine! How do you do? Na, wie geht es dir, Schlafmütze? Hunger? Komm her, Frühstück ist fertig.«

Stumm gehe ich zu den beiden rüber. Papa drückt mir einen Teller in die Hand. Die Waffeln dampfen noch, und ich habe einen Mordshunger. Aber erst mal muss ich eine Sache klären. Ich baue mich vor ihnen auf.

»Was machst du hier?« Ich meine natürlich Jonas. Der kaut und sieht nicht das kleinste bisschen fehl am Platz aus. Aber das ist er. So was von!

»Also wirklich, Josephine, jetzt sei doch nicht so unfreundlich«, mischt Papa sich ein.

»Josi!«, sage ich entschlossen.

»Josi«, sagt Papa. Aber er betont es so, wie er sonst immer anfängt, wenn er mir sagen will, dass er einen Job geschmissen hat und sich stattdessen jetzt einen neuen sucht, und dass bis dahin vielleicht das Geld ein wenig knapper sein könnte. Ha! Er weiß also auch, dass Jonas nicht hierhergehört.

Papa schiebt mich zu seinem Liegestuhl.

»Jonas ist mir zufällig über den Weg gelaufen, und da habe ich ihn eben eingeladen.«

»Zufällig über den Weg gelaufen?«, erkundige ich mich. Misstrauisch zu sein ist etwas, das Papa nicht kann. Ich dafür umso besser. Jemand muss ja für uns die Kohlen aus dem Feuer holen, und Papa ist dieser Jemand sicher nicht.

»Aber nicht GANZ ZUFÄLLIG vor Gittis Tür?«

Hat Jonas also doch was zu verbergen!?

Papa guckt überrascht, und das ist so was wie ein Ja. Bevor er aber auf die Idee kommen kann nachzufragen, plärrt sein Handy los.

»Oha!« Papa wirft einen Blick aufs Display. »Ich … bin gleich wieder da«, verkündet er dann und räumt das Feld. Im Weggehen nimmt er ab.

»Hallo? Ja. Moment, ich rufe gleich zurück«, hören wir ihn flüstern. Dann verschwindet er in der Luke.

»Was war das denn?«, fragt Jonas.

»Privatsache«, sage ich nur. Aber in Wahrheit wüsste ich das auch gerne. »Du kannst jetzt übrigens gehen. Frühstück beendet.«

Jonas schiebt sich ein neues Stück Waffel in den Mund und steht auf. »Warum bist du so?«

»Wie bin ich denn?«, frage ich zurück. Das muss er doch wohl am besten wissen.

»So, als würdest du überhaupt keine Freunde haben wollen.«

Er stiefelt an mir vorbei zur Luke.

Ich muss schlucken. Stimmt das?

»Warte«, rufe ich. Aber Jonas klettert schon die Leiter runter. Ich renne ihm nach und gucke runter ins Treppenhaus. Jonas ist bereits nicht mehr zu sehen. Aber er steht am Fahrstuhl, das ist nicht zu überhören. Er hämmert nämlich gegen den Rufknopf.

»Ist kaputt!«, meldet sich Schalupke von ganz unten. »Aber so gut wie repariert.«

Jonas sagt irgendwas, das ich nicht verstehen kann. Dann läuft er die Treppe runter.

Ich überlege, was ich machen soll. Ihm hinterherzurennen kommt nicht infrage. Ich schlendere zur Dachkante und setze mich. Vor Kalles Kiosk stehen Gitti und die Hähnchenbrüder und streiten. Worüber wohl? Ob das was mit gestern Abend zu tun hat?

Durch das offene Wohnzimmerfenster unter mir höre ich Papa. Er telefoniert noch immer.

»Nein, du musst dir keine Sorgen machen«, sagt er. Dabei

klingt er ehrlich gesagt selbst so, als würde er das tun. »Ich kümmere mich darum, hab ich doch gesagt, Annemie.«

Aha. Er telefoniert mit Frau Bulette. Aber warum nennt er sie nicht auch so? Mein Herz poltert plötzlich so schnell und so laut wie Jojos Schlagzeug. Ich wusste es: Da ist was faul bei Frau Bulette. Erst der Brief und ihr Abrauschen auf den Broilergrillfußboden, dann diese wichtige Erledigung, wegen der sie vorgestern nicht da war, der Streit mit dem Lackaffen im Anzug gestern, und jetzt nennt Papa sie Annemie. Worüber soll sie sich keine Sorgen machen? Eindeutig über etwas, über das Papa sich wohl selbst noch mehr Sorgen macht als normalerweise über Sofia.

»Nein«, sagt der gerade. »Hab keine Angst. Ich spreche mit meinem Anwalt.« Was? Papa hat einen Anwalt? (Und ich dachte, ich lüge Jonas was vor, als ich mit meinem Anwalt gedroht habe. Aber wenn Papa einen hat, dann habe ich ja quasi automatisch einen, oder?)

»Ich weiß, was in dem Brief steht, Annemie. Der wird dir den Grill nicht so einfach wegnehmen. Und die Leute, die der zum Vermessen schicken will, die lässt du einfach nicht rein.«

Mein Schlagzeugherz steht still. Es hat schneller kapiert als mein Kopf, was Papa gerade gesagt hat. Jemand will Frau Bulette den Broilergrill wegnehmen? Das darf nicht sein. Das geht nicht!

Ich springe auf. Bambule reicht nicht aus, um zu beschreiben, wie schnell ich unten im Wohnzimmer stehe. Sehr schnell jedenfalls. Vielleicht so schnell wie noch nie.

»Wer will den Broilergrill haben?«, rufe ich.

Papa dreht sich um, als hätte er sich verbrannt.

»Annemie, ich rufe dich zurück«, sagt er und legt sofort das Handy weg.

»WER WILL DEN BROILERGRILL?!« Jetzt brülle ich.

»Josi.« Papa kommt auf mich zu und nimmt mich in den Arm. Aber da mache ich nicht mit. Das ist Taktik. Ich reiße mich los.

»Papa! Wer nimmt uns den Broilergrill weg?«

Ich platze gleich, wenn er mir nicht auf der Stelle antwortet. Papa weiß das.

»Josi ...«, versucht er es noch mal.

»Papa!«, sage ich so laut und deutlich, als wäre er schwerhörig. Da gibt er auf.

»Sofias neuer Freund«, sagt er. Und ganz ehrlich, so traurig habe ich meinen Vater noch nie gesehen. Ob das jetzt wegen Sofia, dem Broilergrill oder beidem zusammen ist, weiß ich nicht.

»Der Lackaffe?«

Papa nickt. Aber da weiß ich auf einmal, dass er recht hatte. Was er zu Frau Bulette gesagt hat, stimmt. Nur scheint er es selbst gerade vergessen zu haben. Ich versuche, Papa zu trösten. »Das darf der nicht! Papa, das ist doch gar nicht erlaubt. Das wäre doch Diebstahl.«

Aber Papa sieht nicht getröstet aus.

»Doch, Josi«, sagt er leise. »Dem Stand der Dinge nach darf der das leider schon.« Er setzt sich an den Esstisch und stützt den Kopf in die Hände.

»Aber warum?«, frage ich ganz leise. Fürs Lautsein braucht man Platz. Die lauten Wörter und all das sind so groß und breit. Aber Platz gibt es hier im Wohnzimmer auf einmal nicht mehr. Die Luft ist voll mit Papas Traurigsein. Und mit Frau Bulettes Ohnmächtigsein. Und mit meinem Alleinsein.

So ist das nämlich. Auf einmal fühle ich mich fürchterlich alleine. Wenn der Lackaffe sich den Broilergrill krallt, wo soll ich dann hin? Und wo sollen die Hähnchenbrüder hin? Und alle anderen, gehen die dann zum Currywurstessen? Und Frau Bulette? Muss die sich dann fünf Jobs suchen wie Papa?

»Der darf das, weil er das Haus gekauft hat«, erzählt Papa seinen Händen. »Und noch ein paar andere Häuser hier in der Straße.«

»Auch unseres?«, wispere ich.

»Ja«, flüstert Papa. »Wir haben auch so einen Brief bekommen.«

Der Platz hier drin ist eben noch weniger geworden.

»Und dass der das darf, sagt das dein Anwalt?« Papa merkt das mit dem Platz wohl auch. Er nickt nur noch.

Und dann ist plötzlich nicht mal mehr für mich genug Platz da. Ganz leise und vorsichtig gehe ich. Nicht aufs Dach. Ich gehe die Treppe runter. Eine Stufe nach der anderen.

Im Erdgeschoss schleiche ich mich an Schalupke vorbei. Draußen auf der Straße bleibe ich stehen. Zum Broilergrill kann ich nicht. Auf gar keinen Fall, was soll ich denn Frau Bulette sagen? Dass Papa sie angelogen hat und sie besser gleich wieder ohnmächtig wird, damit sie von all dem nichts mitkriegen muss?

Ich gehe die Straße runter bis zur Kreuzung. Und dann weiter bis zur Straßenbahn. Da steige ich in die erste Bahn, die kommt. Ich weiß gar nicht, wo die hinfährt. Aber sie fährt weg, und das ist gut so. Glaube ich. Ganz sicher bin ich mir nicht. An der nächsten Haltestelle bleibe ich sitzen. An der übernächsten auch. Soll ich nicht doch aussteigen?

Auf einmal fühlt es sich an, als wäre ich ganz alleine in der Bahn und dürfte nie wieder hier raus. Ich beiße mir auf die Lippen. Nein, das hier ist definitiv noch nicht weit genug. An der dritten Haltestelle steigen ein paar komische Leute ein. Zwei Jungs und ein Mädchen, das so gittiähnliche Probleme hat, das Gleichgewicht zu halten, und das ganz ohne Stelzen. Oje, die hat garantiert einen über den Durst getrunken. Die Jungs auch. Einer von ihnen quatscht zwei Sitze vor mir einen Opa an. Der hat überhaupt keine Lust darauf, sich zu unterhalten. Hätte ich auch nicht. Der Junge sitzt ihm beinahe auf dem Schoß. Und er erzählt ziemlich schräge Sachen, was er letzte Nacht so alles erlebt hat.

Letzte Nacht? Dann waren die drei noch gar nicht zu Hause. Der zweite Junge hat sich in die Bank zwischen dem Opa und mich gesetzt. Ich halte die Luft an. Der müffelt. Jetzt dreht der sich zu mir um. Oje, schnell weg! Ich will gerade aufstehen, da spricht mich jemand von hinten an:

»Na, willst du etwa schon aussteigen? Ich glaube ja, du solltest noch etwas weiterfahren.«

Ich drehe mich um. Jonas sitzt genau hinter mir.

»Ja. Das wollte ich auch«, behaupte ich so cool wie möglich.

»Na dann«, sagt er.

»Und zu deiner Information: Ich will Freunde haben. Aber keine, die einfach abhauen, wenn man Ärger kriegt.«

»Hast du denn Ärger gekriegt?«, fragt Jonas. »Kriegst du überhaupt mal richtig Ärger? Dein Vater ist doch viel zu nett.«

Das stimmt. Papa ist wirklich immer nett.

»Nein, hab ich nicht«, gebe ich zu.

»Siehste.« So wie Jonas das sagt, scheint er sich im Gegensatz zu mir mit Ärger auszukennen. Aber er will wohl nicht darüber reden. Und ich will auf gar keinen Fall mit dem Jungen vor mir reden. Dann lieber mit Jonas.

»Wo fährst du hin?«

Auf einmal fängt er richtig an zu strahlen. Nicht bloß sein Mund. Der ganze Jonas strahlt.

»Ich habe einen neuen place entdeckt.«

»Place?« Was ist das denn jetzt schon wieder?

»Einen lost place«, erklärt Jonas. »Einen verlassenen Ort.«

»Ach so, sag das doch gleich.«

Eigentlich interessiert es mich nicht die Bohne, was Jonas vorhat. Und eigentlich will ich einfach bloß meine Ruhe. Aber davon scheinen die Flummis in mir drin nichts zu wissen. Ich kann richtig spüren, wie erst einer, dann zwei und dann immer mehr loshüpfen.

»Also, was ist?«, fragt Jonas. »Kommst du mit? So was hast du noch nicht gesehen!«

Und da geht das Flummigehüpfe erst richtig los. Dabei schwirren mir tausend andere Sachen durch den Kopf. Aber die Flummis sind stärker. Die wollen immer bloß Neugier und Aufregung und Abenteuer.

»Ein neues Märchenland?«, erkundige ich mich darum. In Gedanken gehe ich schon mit Dinos und Schwänen spazieren.

Jonas grinst. »Das liegt an dir.«

»Wieso an mir?«

»Na, weil die Geschichte dein Job ist. Ich bin nur der Kameramann im Team.«

»Wir sind ein Team?«

»Klar sind wir ein Team. Was hast du denn gedacht?« Er guckt mich an, als hätte ich ihn gerade gefragt, ob Gras grün ist. Aber ich muss da schon sichergehen. Es ist ja schließlich nicht so, dass ich mich besonders gut damit auskennen würde, ein Mitglied in einem Team zu sein. Klar, Papa und ich sind ein Team. Aber das, was Jonas meint, ist auf jeden Fall etwas ganz anderes.

Nur, selbst wenn ich keine Ahnung von Teams habe, eines ist klar:

»In einem Team haut man aber nicht einfach ab.«

»In einem Team vertraut man dem anderen vor allem«, gibt Jonas zurück. Und das stimmt wahrscheinlich.

»Also, gehen wir?«, fragt er.

Keine Ahnung, ob es an den Flummis liegt, jedenfalls klingt das alles viel zu toll, um Nein zu sagen.

»Ja. Gehen wir.«

EINE HALBE OMA, DREI METER UND EIN WETTRENNEN

Dieses Mal fahren wir nicht um die halbe Welt. Der Ort, den Jonas gefunden hat, liegt nur ein paar Stationen weiter. Wieder müssen wir heimlich durch ein Loch im Zaun kriechen, nur dass dieses Mal ganz deutlich direkt daneben auf einem Schild steht, dass wir hier auf gar keinen Fall reindürfen. Betreten ist strengstens verboten.

»Achtung, Josi«, höre ich einen ganzen Chor aus Stimmen in meinem Kopf. Die Erwachsenen wieder. Aber erstens: Die würden sich hier gar nicht reintrauen. Und zweitens: Werde ich noch früh genug erwachsen. »Und drittens«, sage ich laut, »hat es mir also doch nicht geschadet, dauernd mit denen zusammen zu sein.«

Jonas neben mir schüttelt den Kopf. »Bist du sicher? Warum führst du denn dann dauernd Selbstgespräche?«

»Das hast du mich schon mal gefragt«, sage ich.

»Weiß ich«, sagt er. »Rede doch mit mir.«

»Mit dir? Du guckst doch dauernd auf einen Bildschirm.« Ich knuffe ihn in die Seite. Stimmt nämlich. Kaum waren wir durch den Zaun, hat Jonas eine Kamera aus seinem Rucksack gezogen und klickt im Menü herum.

Pling-Pling-Pling.

Das gibt's ja nicht! Und das gibt es eben doch. Das Ding in Jonas' Hand ist nicht irgendeine Kamera. Sie sieht genauso aus wie die Kamera, die in meiner roten Kiste liegt. Aber wie kann das sein?

Ich glaube, ich kriege keine Luft mehr. Gleich fliege ich um wie Frau Bulette. Es sei denn, ich unternehme was.

»Wie war das mit Vertrauen im Team?«, frage ich. Dabei glotze ich die Kamera an.

»Was meinst du?« Jonas guckt nicht vom Bildschirm hoch.

»Woher hast du die Kamera? Und wehe, du lenkst wieder ab.«

Pling-Pling! Pling-Pling-Pling-Pling macht die Kamera bei jedem Klick. Jonas geht das Menü so rasend schnell durch, als hinge sein Leben davon ab.

Was es vielleicht auch tut, wenn ich mir das so richtig überlege.

»Wo. Hast. Du. Die. Her?!«, schreie ich ihn an.

Da guckt er endlich hoch. Trotzdem drückt er weiter auf dem Ding rum. Hat der Augen unten am Kinn? Wie macht er das?

»Geschenkt gekriegt«, murmelt er so leise, dass ich glaube, mich verhört zu haben.

»Wie bitte?«

Pling-Pling-Pling macht die Kamera.

»Geschenkt gekriegt«, wiederholt er lauter.

»Du lügst. Das ist die Kamera vom Dach!«

»Ist sie nicht«, sagt Jonas lässig. »Boah, Josi, echt! Guck doch einfach mal genau hin. Die vom Dach war alt. Die hier ist nagelneu.«

Das stimmt. Trotzdem sagt er nicht die Wahrheit. Ich kann das sehen. Irgendwas davon ist gelogen. Ich weiß bloß noch nicht, was.

Taktik, Josi!, denke ich. »Woher hast du eigentlich gewusst, dass die Kamera nicht mehr auf dem Dach ist?«

Jonas schüttelt den Kopf und guckt wieder auf das Display. Diese ganzen Bildschirme sind wohl eher sein Team als ich.

»Also?«

Endlich lässt er das Display in Ruhe.

»Mann, Josi. Ich habe sie da installiert. Wie habe ich das wohl gemacht? Indem ich sie da hingebeamt habe? Sicher nicht.«

»Ge-was?«

»Gebeamt.« Er hebt den Arm und spricht in seine Uhr. »*Beam me up, Scotty.*«

»Kenne ich nicht.«☆

Jonas verdreht die Augen. »Ist auch egal. Ich habe sie jedenfalls nicht da hochgezaubert.«

Jetzt kapiere ich, was er meint. Mensch, was ist denn los, ich bin doch sonst gar nicht so schwer von Begriff. (Dachte ich zumindest, bis Jonas aufgetaucht ist.)

»Du warst auf dem Dach.«

»Natürlich«, sagt er bloß. »Jetzt guck nicht so. Ich suche verlassene Orte, schon vergessen?«

»Places«, flüstere ich.

»Genau.« Jonas macht ein zufriedenes Gesicht. »Jetzt hast du's kapiert.«

»Aber unser Dach ist doch kein place. Unser Dach ist nichts, was gefilmt werden darf. Das ist geheim!«

»Das sind die meisten places. Außerdem, wer sagt denn, dass ich es jemandem verrate?«

»Äh, die Tatsache, dass du es filmst. Ganz einfach. Sag mal, für wie doof hältst du mich eigentlich?«

Jonas zuckt mit den Schultern. »Wenn du es genau wissen willst, halte ich dich eigentlich sogar für ziemlich klug. Du musst dich nur mal konzentrieren. Dann kommst du schon selbst auf all das, was du mich immer fragst.«

»Und du findest, ich bin zu viel mit Erwachsenen zusam-

☆ Ach, Josi. Das ist aus *Star Trek*. Die kämpfen auch ständig mit Aliens, das solltest du dir mal ansehen!

men …«, brummle ich. Ganz ehrlich, das eben hätte meine Lehrerin sagen können. Oder Papa, wenn ich mal wieder eine schlechte Note nach Hause gebracht habe.

»Das ist nicht erwachsen. Das ist wahr«, sagt Jonas.

»Wenn du meinst.« Ich gucke mich um. »Und wo sind wir hier jetzt eigentlich?«

»Siehst du, das meine ich.« Jonas hat wohl noch nicht genug von dem Thema. »Du musst bloß mal genau hingucken. Dann findest du es selbst raus.«

Ich schaue genau. Sehr genau. Und ich sehe Bäume. Und Gras. Und ein paar Büsche und noch jede Menge anderer Natur.

»Ich sehe ni–«

Ich halte inne. Doch. Da ist auf einmal Beton zwischen den Büschen. Und ein Stück weiter geradeaus steht zwischen zwei Bäumen der Rest einer Kinderrutsche. Und so ein Wipppferdchen, wie es sie auf jedem Spielplatz gibt. Die Feder ist zerbrochen, und das Pferd ist zur Seite gekippt.

»Dem war wohl übel«, sage ich.

Pling, macht es hinter mir. Jonas hat die Kamera gestartet. Aber das interessiert mich auf einmal gar nicht mehr. Vorsichtig bahne ich mir einen Weg durch das Dickicht hinüber zu dem Pferdchen. Es ist nicht alleine.

»Die Wipppferdchenherde graste friedlich, als sie überrascht wurde. Ein *Pling* scheuchte sie auf, doch sie konnten nicht fliehen. Diese Geschöpfe, die jahrhundertelang frei gelebt hatten, waren wie von Zauberhand festgekettet. Die Feder, mit der sie gerade noch fröhlich durch die Gegend gesprungen waren, war jetzt fest mit dem Boden verwachsen.«

Ich ducke mich unter dem Bogen der Rutsche hindurch. Ein Zweig knackt unter meinem Fuß.

»Waren es wieder die Aliens? Es ist nicht auszuschließen. Wer sonst könnte sich eine so gemeine Schandtat ausdenken?«

Hinter dem Spielplatz hören die Bäume auf. Der Beton, der eben noch überwuchert war, ist hier jetzt gut zu sehen. Er ist rissig, und in einigen der Risse haben sich Pflanzen festgesetzt.

»Nein. Das hier waren keine Aliens. Das hier war der Wald selbst. Er ist zurück. Abertausende von Jahren wurzelten seine Bäume an dieser Stelle. Dann wurden sie vertrieben. Platt gewalzt unter meterdickem Beton. Aber der Wald hat nur gewartet, bis er sich rächen kann. Und jetzt holt er sich zurück, was ihm einst gehörte. Doch das wird nicht alles sein. Das ist erst der Anfang. Wenn er hier keinen Platz mehr hat, dann wächst er weiter. Und weiter. Er wird die ganze Stadt überwuchern und dann ... Oh!«

Ich bleibe stehen. Jetzt weiß ich, wo wir hier sind. Jonas' neuer place ist ein altes Freibad! Und ich stehe genau unter dem Dreimeterturm. Es gibt ein Einmeterbrett und einen noch höheren Turm. Das Schwimmbecken ist leer. Ich gucke mich um, ob uns jemand beobachtet. Aber hier ist weit und breit keine Menschenseele.

Jonas hält neben mir und lässt die Kamera sinken.

»Und? Cool, oder?«

»Das kannst du laut sagen«, stimme ich zu. »Und gruselig.«

Jonas nickt. »Schon ein bisschen. Aber darum geht es.«

»Ums Gruseln?«, will ich wissen.

»Na ja, auch.«

»Und um was noch?«

»Um die Vergangenheit. Darum, dass hier mal das Leben getobt hat, und jetzt interessiert sich niemand mehr für diesen Ort. Er wurde einfach im Stich gelassen. Als wären die Menschen eines Abends nach einem Sommertag gegangen und am nächsten Tag nicht wiedergekommen. Das ist bei allen vergessenen Orten so.«

»Aber warum?«

»Keine Ahnung. Vielleicht war das Schwimmbad zu alt oder zu kaputt und sie haben einfach irgendwo ein neues gebaut.«

»Anstatt das, das sie hatten, zu reparieren.«

»Ja. Oder es ist etwas passiert, und danach wollte keiner mehr an den Ort kommen, wo es passiert ist.«

Die Flummis hüpfen durcheinander.

»Du meinst, was Schlimmes?«

»Vielleicht.« Jonas guckt mich an.

»Ja, vielleicht«, überlege ich. »Vielleicht hat die Wolfsbahn im Märchenpark auch in Wirklichkeit ein Kind verschluckt. Oder hier ... meinst du, hier ist jemand ertrunken?«

Jonas hebt die Kamera und filmt das Schwimmbecken.

»Sag du es uns«, flüstert er.

Ich gucke in das leere Becken. Nur ein paar Äste liegen da und in einer Ecke ein alter Rettungsring. Auf einmal kann ich es sehen.

»Lauter glückliche Menschen, die planschen und lachen und durcheinanderkreischen. Und dann ist da dieser Junge«, lege ich los. »Er steht am Rand des Beckens und hat die Augen geschlossen. Er sieht nichts, hört nur, was um ihn herum passiert. Nein. Er hört, was passieren wird. Weil er der Zeit ein paar Sekunden voraus ist. Und genau diese Sekunden sind es, die alles entscheiden werden.«

Jonas dreht die Kamera nach oben zum höheren der beiden Sprungtürme.

»Er hört die Frau dort hochklettern. Ihre Beine zittern. Sie klettert nicht sicher, hat sie vielleicht Angst? Ja, sie hat Angst. Der Junge spitzt die Ohren. Sie sollte da besser wieder runterkommen. Sie sollte nicht springen. Jetzt ist sie oben. Sie hält sich am Geländer fest und geht mit Minischritten nach vorne. Noch ein Schritt. Und noch einer. Dann ist sie da.

Der Junge strafft die Schultern. Denn er hat es schon gehört. Der Wald. Er will diesen Ort zurück. Und er hat schon damit begonnen, ihn sich zu holen.«

Jonas macht ein paar Schritte, ich folge ihm. Vorbei an ein paar alten Liegen umrunden wir das Becken, um es von der anderen Seite zu sehen. Eine verrostete Dusche steht neben der Leiter, die an dieser Seite ins Becken führt.

»Die Dusche tropft. Man müsste sie reparieren, denkt der Junge. Aber er weiß, auch das war der Wald. Er wächst in jeder kleinen Ritze. Noch sieht man ihn nicht, aber bald.«

Wir laufen zu den Sprungtürmen. Am Fuß des Dreimeterturms nimmt Jonas den Rucksack ab.

»Halt mal.« Er drückt mir die Kamera in die Hand.

»Was machst du?«, will ich wissen.

Er zieht seine Mütze ab und bastelt an dem Plastikviereck herum. Dann klickt er die Kamera da rein. Sie hält, einfach so an seiner Stirn. Aha. Darum also diese komische Mütze.

»Für die nächste Szene brauche ich beide Hände«, erklärt er.

»Du willst aber nicht da hoch, oder?«, frage ich vorsichtshalber. Jonas greift nach der Turmleiter.

»Natürlich. Das ist doch der größte Spaß.«

Damit klettert er los.

Was soll ich machen? Keine Ahnung, wie lange dieses Schwimmbad schon nicht mehr benutzt wird. Und ob die sich vorher allzu gut um all das hier gekümmert haben, weiß ich erst recht nicht. Vielleicht hatten die auch einen Schalupke als Hausmeister. Dann stehen die Chancen gut, dass hier bereits einiges kaputt war, als das Bad noch benutzt wurde. Andererseits ist Jonas schon fast oben, und bisher hat die Leiter gehalten.

»Los, Josi«, flüstere ich mir zu. Dann klettere ich Jonas hinterher.

Das ist auch nicht anders als bei uns auf dem Dach. Da ist es sogar noch höher. Aber hier fühlt es sich viel mehr nach einem Abenteuer an. Als ich oben ankomme, sitzt Jonas vorne am Rand und baumelt mit den Beinen in der Luft.

»Kann's weitergehen?«, fragt er, als hätte er keine Sekunde daran gezweifelt, dass ich ihm folge.

Ich setze mich neben ihn und gucke runter ins Becken. Drei Meter ist die Entfernung zum Wasser. Wenn da Wasser wäre. So sind es mindestens fünf Meter. Der Boden ist moosbewachsen. Das grüne Muster sieht schön aus auf den abgeblätterten blauen Fliesen. Ich räuspere mich. Jonas drückt auf Play.

»Der Junge hält den Atem an. Denn es ist zu spät. Die Frau auf dem Turm macht sich zum Sprung bereit. Da rutscht sie mit dem Fuß ab. Aus Angst hat sie eine Sekunde nicht aufgepasst und das Moos übersehen, das am vorderen Ende des Sprungturms wächst. Und sie fällt.«

Pling. Jonas hat die Aufnahme angehalten.

»Was ist?«, erkundige ich mich.

»Fertig«, sagt er.

»Aber wir wissen doch noch gar nicht, was mit der Frau passiert. Wird sie überleben? Oder ertrinkt sie?«

»Genau. Deswegen stoppen wir hier. Das ist der perfekte Cliffhanger.«

»Was?«

»Das ist der Höhepunkt, bei dem man aufhört. Jeder gute Geschichtenerzähler macht das so. Hör da auf, wo es am spannendsten ist, und die Leute wollen mehr.«

»Welche Leute?«

»Na, die Leute, die sich das ansehen.« Jonas guckt mich schief an. Und ich gucke mit Sicherheit ziemlich schief zurück.

»Du stellst die Filme ins Internet?«

»Logisch. Und ich habe sogar schon ein paar Zuschauer. Willst du mal sehen?«

Auf der Stelle zückt er sein Handy. War ja klar.

»Und wenn nicht?«, frage ich.

»Doch, schau mal.« Jonas ist nicht mehr zu halten. Er klickt irgendwas an, und schon öffnet sich sein Videokanal.

»JotZuDemO« steht da als Name über der Videoliste.

»JotZuDemO?« Ich überlege, aber nur kurz. Das ist kein schweres Rätsel. Jot ist J, logisch. J – zu – dem – O. Das klingt wie ein Rapper. Erkennt doch aber wirklich jeder, dass das bloß »Jo« heißt, wenn sich das J zu dem O gesellt.

»Warum nennst du dich nicht einfach Jonas?«

Jonas zeigt auf das Becken und all das Drumherum. »Na, weil das hier verboten ist«, sagt er.

»Aber kommen die Leute denn so nicht darauf, wer du bist?«

Dass man Computer übers Internet zurückverfolgen kann, weiß selbst ich. Und das, obwohl ich keinen habe.

»Ja. Also ... könnten sie. Aber ich schütze mich.«

Keine Ahnung, wovon er jetzt wieder redet. Er scheint sich allerdings auszukennen.

»Also, JotZuDemO«, sage ich. »Dann zeig mal her.«

Er startet das erste Video. Ein Dachboden ist zu sehen. Man hört gruselige Musik, sonst ist es wie bei dem Film, den ich schon kenne. Nur ab und zu tauchen Jonas' Füße auf, wenn die Kamera nach unten schwenkt. Er geht durch den Raum. Das ist nicht wirklich spannend, weil der Boden leer ist.

»Ein ganz normaler Dachboden«, sage ich.

»Wart's ab.«

Jonas geht mit der Kamera zum hinteren Ende des Raums. Je näher er kommt, desto besser erkennt man, dass da ein riesiges Loch im Boden ist. Er geht bis zum Rand und filmt nach unten.

»Wow!«, rufe ich. Da hat es sich wirklich gelohnt, zu warten. Denn da ist … nichts. Kein langweiliges Nichts. Ein wirkliches gähnend leeres Abgrundnichts. An den Rändern von diesem Nichts kann man sehen, dass da Stockwerke sind. Das Ganze sieht aus, als hätte sich ein überdimensionaler Holzwurm einmal von oben nach unten durch das Haus gefuttert.

»Wo ist das?«

»Och, einfach so ein Haus, das ich entdeckt habe.«

Jonas klickt das Video weg und zum nächsten.

Das ist in einem Wald. Eine einsame Hütte taucht zwischen den Bäumen auf. Nein, warte, das ist keine Hütte. Das ist nur der Rest von einem Haus. Einem riesengroßen Haus. Die Hälfte ist eingestürzt.

»Ist das dasselbe Haus?«

Jonas schüttelt den Kopf. »Nein. Das war mein erster verlorener Ort.«

Ich fahre mit dem Finger die Liste auf dem Bildschirm ab. Jonas hat echt schon viele Filme gemacht.

»Wie findest du diese ganzen Orte?«

»Kommt drauf an«, erklärt er. »Manche habe ich selbst entdeckt.«

»Und die anderen?«

»Von denen habe ich gelesen.«

»Wo liest man denn von verlassenen Orten?«

»Na, im Internet.« Jonas schüttelt noch mal den Kopf.

»Was ist?«, frage ich.

»Du hast echt keine Ahnung vom Leben, stimmt's?«

Hey! Das stimmt ganz und gar nicht.

»Das Leben, das kenne ich ziemlich gut«, widerspreche ich. »Aber das ist ja auch was ganz anderes als all das hier. Du täuschst dich nämlich. Bloß weil ich kein Handy habe, bin ich kein Alien.«

Jonas guckt mich an. Und zwar so, wie man guckt, wenn man sagen will: »Doch, du bist sogar das Chef-Alien.«

Aber er behält es für sich, was auf jeden Fall besser für ihn ist, hier oben auf einem Dreimeterturm ohne Wasser im Becken unter uns.

Das Moosmuster, das ich eben noch so schön fand, sieht auf einmal nur noch nach dem aus, was es ist. Vergessen.

»Findest du das nicht traurig?«, überlege ich. »Ich finde es nämlich traurig, dass es so viele Orte gibt, für die sich keiner mehr interessiert.«

»Also, ich finde das eher spannend«, sagt Jonas. »Aber noch spannender ist es, seit du angefangen hast, in alles was reinzugeheimnissen. Das ist, als würdest du sie wieder zum Leben erwecken.«

»Reingeheimnissen?« Das ist ja ein tolles Wort. Hätte ich Jonas gar nicht zugetraut. Der redet doch sonst nur in Filmsätzen und Besserwissereien.

»Ja. Guck, ich habe unser erstes Video hier reingestellt.« Er schiebt die Liste ein Stück nach oben und öffnet das Video. Darunter steht eine Zahl. Die bedeutet, wie oft das Video angeschaut wurde. Ich habe keine Ahnung, wer so was zählt, ich meine, da steht ja keiner wie am Eingang vom Kino. Aber ich verkneife es mir, Jonas zu fragen. Von wegen Alien und so. (Wobei die Aliens sich hundertpro noch viel besser mit all diesen Sachen auskennen als Jonas!)

»Obwohl ich schon mal einen Film vom Märchenpark hochgeladen hatte, haben viel mehr Leute den mit deiner Captain-J-Geschichte angeguckt«, erklärt Jonas. »Die Leute mögen alte Orte mit einer Geschichte. Ganz egal, ob es die echte ist oder eine ausgedachte.«

»Du hast den Film ins Internet gestellt? Aber ich habe das gar nicht erlaubt.«

»Man hört dich doch nur.«

»Trotzdem«, sage ich.

»He«, Jonas knufft mich in die Seite. »Jetzt sei doch nicht beleidigt.«

»Ich bin nicht beleidigt. Ich bin wütend.«

Jonas guckt mich mit großen Augen an. »Wieso? Was hab ich denn jetzt schon wieder gemacht?«

»Ganz einfach. Das, was du die ganze Zeit schon machst. Du hast immer Geheimnisse. So geht das nicht mit dem Team.«

Jonas dreht das Handy in seiner Hand hin und her. Boah, wenn der das nicht gleich mal wegpackt, dann kann es sein, dass hier heute das erste Handy weltweit einen Sprung vom Dreimeterturm versucht.

»Okay, was willst du wissen?«, fragt Jonas.

Huch. Damit habe ich nun nicht gerechnet. Aber das hat er jetzt davon. Ich lege los.

»Warum bist du gestern einfach so abgehauen? Wo ist Oma Hunger? Und was hast du mit Gitti vor?«

Jonas lacht. Also, ganz ehrlich, der lacht nicht nur ein kleines bisschen. Der lächelt nicht, der grinst nicht. Der lacht. Und zwar richtig laut. Frechheit!

»Das sind ziemlich viele Fragen auf einmal, findest du nicht?«, japst er.

Ich gucke stur geradeaus.

»Jetzt hör endlich auf, die beleidigte Leberwurst zu spielen. *Jeder Tag, an dem du nicht lächelst, ist ein verlorener Tag.*«

»Mensch, Manni! Hast du denn wirklich für alles einen schlauen Spruch auf Lager?«, platze ich heraus.

Jonas guckt mich erschrocken an. »Das ist von Charlie Chaplin«, erklärt er, als würde das irgendwas besser machen. Und weil ich nichts sage, redet er gleich weiter. »Charlie Chaplin war ein großer Künstler. Ein Schauspieler und Komiker, der …«

»Mann, ich weiß, wer Charlie Chaplin war. Aber mir ist total egal, was der zu sagen hatte. Mich interessiert auch kein James Bond oder Dumbledings. Ich will endlich wissen, was du mir alles nicht erzählst! Sonst kannst du dir deine Geheimnisgeschichten nämlich an deine coole Mütze stecken.«

Wow, Josi!, denke ich. Gar nicht mal so übel.

Jonas schluckt das Lachen runter und sitzt auf einmal ganz bedröppelt da.

»Oma hat sich doch bloß das Bein gebrochen«, sagt er leise.

»Ach, und du bist ihr Krankenpfleger, oder was?«

Erst da fällt mir auf, was er gesagt hat. Oma. Nicht Oma Hunger. Einfach nur Oma.

»Sie ist …«

»Meine Oma.«

»Aber warum warst du dann noch nie hier?« Der Gedanke ist messerscharf gedacht, und ich bin ziemlich stolz. Wenn Jonas seine Oma irgendwann mal besucht hätte, dann hätte ich ihn ja schließlich auch irgendwann schon mal gesehen. »Habe ich aber nicht«, murmle ich.

»Was hast du nicht?«, erkundigt er sich.

»Dich gesehen«, informiere ich ihn gerne. Er soll ja merken, dass er mich nicht für dumm verkaufen kann.

»Kannst du auch gar nicht«, antwortet Jonas. »Ich war nie hier.«

»Wusste ich's doch!«, triumphiere ich. Obwohl das eigentlich der allerschrecklichste Grund zum Rechthaben ist. Ich dachte immer, Oma Hunger ist deswegen immer alleine, weil sie keine Familie hat. Aber in Wahrheit ist es sogar noch viel schlimmer. Sie hat eine Familie, die sie überhaupt nicht besuchen kommt. »Dabei ist Oma Hunger doch eine total nette Oma«, bringe ich meine Gedanken zu Ende.

Jonas nickt wieder. »Ist sie. Das muss man ihr lassen.«

Ich schüttle den Kopf. »Wenn du sie magst, dann musst du noch komischer sein, als ich dachte.«

»Wieso das denn?« Anscheinend erwartet Jonas eine lange Erklärung, weil er es sich bequem macht. Er legt sich halb zurück und stützt sich auf die Ellbogen.

Na gut, wenn er unbedingt will. Ich mache dasselbe.

»Weil man jemanden, den man gernhat, auch gerne sieht. Ich meine, richtig sieht. Nicht nur in einem Handy oder weil man sie heimlich filmt.«

Verdammt, habe ich das gerade echt gesagt? Zumindest hat Jonas es echt gehört.

»Du denkst, ich mag dich?«

Ich warte darauf, dass er wieder zu lachen anfängt. Aber das tut er nicht. (Sag ich doch, der ist echt komisch!)

»Jetzt machst du es schon wieder.«

»Was?«

»Du redest schon wieder über was anderes.«

»*Alles, was ich kenne, ist Logik*«, antwortet er.

»Sag mal, kann es sein, dass du spinnst?«, frage ich. Das ist das Einzige, was hier logisch wäre.

»Das war ein Zitat. Von Mister Spock.«* Er guckt mich an und wartet. »Ja, okay«, sagt er, weil ich nichts sage. »Aber du musst echt einsehen, dass du manchmal zu viel redest und dann Sachen sagst, die du eigentlich gar nicht sagen willst.«

Da hat er den Nagel auf den Kopf getroffen. Aber ich lasse mich nicht ablenken! Diesmal nicht.

»Also: Warum hast du deine Oma nie besucht?«

Jonas überlegt. Will er mich anlügen und denkt sich gerade eine Geschichte aus? Oder ist er einfach nur nicht so schnell wie ich mit dem Denken? Kommt ja öfter vor, könnte also auch bei ihm sein. Und das mit den Geschichten kann er ja offensichtlich nicht, sonst bräuchte er mich nicht dazu, oder?

»Ich weiß nicht«, sagt er endlich.

Aha. Das ist ja nicht sehr viel an Information.

»Du weißt es nicht? Man muss doch wissen, warum man Leute nicht besucht.«

»Ich weiß es nicht«, beharrt er. »Sie ist immer zu uns nach Mitte gekommen.«

»Nach Mitte?«

»Ja. Mein Kiez.«

* Mister Spock ist ein Vulkanier, auch aus *Star Trek*. Das hätte Jonas jetzt aber wirklich noch sagen können.

»Mitte, also. Und warum bist du jetzt auf einmal hier?« Der Stadtteil Mitte ist nicht so weit weg wie der Märchenpark, aber auch nicht gerade um die Ecke. Da ist Papas Restaurant, und ich weiß ja, wie lang er dahin braucht.

»Na, weil sie nicht mehr kommen kann.«

»Das Bein.«

Joans nickt. »Meine Mutter ist dauernd weg. Mein Vater auch. Und dann war eben immer Oma da. Aber weil sie jetzt nicht kann, muss ich zu ihr.«

»Kannst du nicht alleine bleiben?«, will ich wissen.

»Nicht immer«, sagt Jonas.

»Dann ist Oma Hunger deine Frau Bulette.« Das ist glasklar. »Und warum sind deine Eltern so viel weg?«

»Arbeiten«, sagt Jonas.

»Das kenne ich. Papa hat fünf Jobs. Deine Eltern auch?«

»Nö.« Jonas schüttelt den Kopf. »Papa hat nur seine Arbeit lieber als alles andere. Und Mama ist Schauspielerin.«

»Oh, dann ist sie so richtig berühmt.« Das erklärt all das Zeug, das Jonas hat.

»Nö«, meint Jonas. »Sie hat überhaupt keinen Erfolg. Spielt bloß dauernd in irgendwelchen Projekten mit, die sich keiner anguckt.«

»Kenn ich auch.« Das ist genauso wie bei den Pancakes. Na ja, dann ist vielleicht Jonas' Vater der, der Hunderter an seinen Sohn austeilt.

»Und du?«, fragt Jonas. »Ist die Frikadelle ...«

Ich gucke ihn böse an.

»Ist die Bulette ...«, setzt Jonas neu an.

»Frau Bulette!«, unterbreche ich ihn. »Sie heißt FRAU BU-LE-TTE!«

»Ja. Ist sie deine Oma?«

»Halb.«

»Halb? Also Ja oder Nein. Halb gibt es nicht.«

(Wo ist der jungsfressende Wolf, wenn man ihn braucht?!)

»Nein. Aber wenn ich mir eine wünschen dürfte, dann wäre sie genau so wie Frau Bulette.«

»Dann hast du also keine Oma?«, erkundigt sich Jonas.

Ich zucke mit den Schultern.

»Warum hast du denn bloß Frau Bulette?« Der ist wirklich hartnäckig, das muss man ihm lassen.

»Bloß?«, gebe ich zurück. »Frau Bulette ist kein Bloß! Frau Bulette ist toller, als meine echten Omas es jemals sein könnten. Wenn es sie gäbe, meine ich.« Ich überlege kurz. »Papas Eltern sind gestorben, da war er noch ganz klein.«

»Hm«, macht Jonas. »Das ist jetzt aber wirklich traurig.«

»Nö«, widerspreche ich. »Für Papa war es mal traurig. Das stimmt. Aber ich habe sie ja gar nie kennengelernt. Darum weiß ich überhaupt nicht, ob ich sie vermissen würde.«

Jonas nickt zustimmend. »Und die Eltern von deiner Mutter?«

Ich setze mich wieder gerade hin. »Die gab es noch nie.«

»Wie, noch nie?«, hakt Jonas nach. Gleich erklärt er mir, dass das doch gar nicht sein kann. Von wegen jeder Mensch hat Eltern und so. Aber bevor er Luft holen kann, kriegt er lieber schnell meine Geschichte zu hören. (Die, die ich erzähle, seit ich denken kann; jedenfalls seit die Leute mich fragen, wo denn meine Mama ist. Als würde ein Papa nicht ausreichen. Vor allem einer wie meiner!)

»Wahrscheinlich gibt es sie schon«, erkläre ich also. »Aber ich kenne sie nicht. Meine Mutter ist eine berühmte Sängerin, und sie ist immer auf Tournee. Ich weiß gar nicht mehr, wie sie aussieht.«

Da setzt Jonas sich auch auf. »Vermisst du sie denn gar nicht?«

»Wie soll ich jemanden vermissen, den ich nicht richtig kenne?«, lüge ich. »Aber sie schreibt mir immer Postkarten.« Ich warte kurz. Das mit den Postkarten klingt gut, wie immer, wenn ich diese Geschichte erzähle. Aber irgendwie kommt es mir auf einmal nicht mehr richtig vor. »Eigentlich ist es gar nicht so«, sage ich vorsichtig. »Also, das mit den Postkarten stimmt. Aber geschrieben hat die nicht Mama. Sondern ich. Früher. Da habe ich mir immer vorgestellt, wo sie wohl gerade ist und wie es da aussieht. Und dann habe ich eine Postkarte gemalt und sie mir selbst geschickt.«

»Hm«, macht Jonas wieder. »Meine Mutter könnte mir

eigentlich auch Postkarten schicken, so selten wie ich sie sehe.«

»Aber dein Vater ist hier, oder?«

»Ja«, sagt Jonas. »Aber das nützt mir auch nichts. Meine Eltern sind geschieden. Seit ein paar Tagen. Quasi nigelnagelneu.«

»Oh.«

»Ach, wirklich super waren die zusammen sowieso nicht, wenn du mich fragst.«

»Das behauptet mein Vater auch von meiner Mutter und sich.«

Jonas packt Kamera und Handy weg und steht auf.

»Mit deiner Gitti habe ich übrigens gar nichts vor. Und weggelaufen bin ich gestern, weil ich keine Lust auf Ärger hatte.«

»Gitti ist die beste Freundin von Frau Bulette«, erkläre ich ihm. »Aber ... warst du denn nicht bei ihr in der Wohnung?«

»Äh, nein«, sagt Jonas und macht sich auf den Weg zur Sprungturmleiter.

Ich folge ihm. Über das mit Gitti muss ich nachdenken. Aber eine Sache interessiert mich noch.

»Du wolltest keinen Ärger? Hast du nicht selbst gesagt, Papa wäre zu nett für Ärger?«

»Kurzschlussreaktion«, sagt Jonas.

»Und was ist jetzt eigentlich besser? Wenn Oma Hunger

zu dir kommt oder wenn du sie besuchst?«, wechsle ich das Thema. »Wenn du sie besuchst«, antworte ich auch gleich selbst. »Gib's zu. Bei uns ist doch garantiert mehr los als in Mitte.«

Jonas zögert.

»Was?«, frage ich, während wir Sprosse für Sprosse nach unten klettern.

»Ich besuche sie gar nicht. Ich wohne bei ihr.«

»Hä? Hattet ihr kein Geld mehr für eure Wohnung?« Ich denke an sein Handy. Und die Kamera. Und das Fernglas. Und den Computer. »Wegen der Scheidung?«

»Ist nur vorübergehend.«

Still klettern wir weiter. Das Feuerwerk in meinem Kopf geht gerade wieder so richtig los, da ruft plötzlich eine Stimme: »He! Was macht ihr da?« Ein Mann in einer Uniform kommt auf der anderen Seite des Schwimmbeckens aus dem Gebüsch.

»Mist!«, flucht Jonas und springt die letzten paar Sprossen nach unten. »Los, wir müssen abhauen, das ist der Wachdienst!«

Er sprintet los. Ich springe den letzten Rest auch und flitze ihm hinterher.

»Stopp!«, ruft der Wachmann. »Stehen bleiben!«

Aber wir denken gar nicht dran. Wie der Blitz sind wir am Zaun und schlüpfen durch das Loch.

Als wir die Straße runterhetzen, kommt der Mann gerade beim Zaun an.

»Wenn ich euch erwische!«, brüllt er uns hinterher. Was dann ist, sagt er nicht. Ich will es mir auch gar nicht vorstellen.

Ohne langsamer zu werden oder uns umzudrehen, rennen wir zur Straßenbahnhaltestelle. Zum Glück kommt die Bahn gerade, und wir springen hinein. Erst als die Türen zugehen, gucke ich die Straße runter. Der Mann ist ziemlich weit weg, er rennt wie eine Schnecke. (Können Schnecken rennen?)

»Der hätte uns nie eingeholt!«, sage ich und lasse mich auf einen Sitz fallen. Jonas plumpst neben mich.

»Niemals«, japst er.

Da müssen wir beide lachen. Und ich glaube, ich weiß jetzt, wie das mit dem Team wirklich geht.

KRISENSITZUNG, WEIT UND BREIT KEIN SCHILLERN UND EINE HÜ-DINGSDA

Kaum sind wir zurück im Kiez, holt Jonas sein Tablet (der kann bald einen ganzen Technikladen aufmachen!), und wir verkrümeln uns aufs Dach. Da zeigt er mir, wie man den Film, den wir gerade gedreht haben, noch besser machen kann. Wir löschen alle Stellen, die nicht gut geworden sind. Dann macht Jonas noch einen Vorspann.

›Das verlassene Schwimmbad‹, schreibt er.

»Nee«, sage ich. »Das ist langweilig. Nimm lieber ›Der wilde Wald ODER der Junge, der in die Zukunft hören konnte‹.«

Jonas tippt. »Das ist gut.«

Als alles fertig ist, gucken wir uns den Film noch mal an. Dann stellt Jonas ihn auf seinen Kanal.

»Und was machen wir jetzt?«, frage ich. Es ist noch so viel Zeit, und garantiert hat Jonas noch ein paar Orte auf Lager, die wir entdecken können.

Jonas reibt sich den Bauch. »Ich hab Hunger«, sagt er. »Das

Frühstück war ja ein bisschen kurz. Wollen wir zu Frau Bulette?«

Und da fällt mir auf einen Schlag wieder ein, wie der Tag eigentlich angefangen hat, und all meine gute Laune ist weg.

»Was ist?«, fragt Jonas.

»Das Telefonat heute Morgen«, sage ich. »Die Privatsache.«

»Ja? Was ist damit?«

»Papa hat mit Frau Bulette telefoniert. Es ging um den Brief.«

»Der, wegen dem sie umgekippt ist?«

»Genau. Jemand will Frau Bulette den Broilergrill wegnehmen.«

Jonas macht ein Geräusch, das wie eine Mischung aus einer alten Luftpumpe und einem krächzenden Papagei klingt.

»Und wer?«, fragt er leise. Er guckt mich nicht an.

»Der Typ, der da gestern Abend mit seinem Sportwagen angekommen ist.«

Jonas nickt. Er ist auf einmal ganz rot im Gesicht.

»Dann müssen wir erst recht zu ihr«, sagt er. »Frau Bulette hat bestimmt keinen guten Tag.«

Nein, garantiert nicht, so viel ist sicher. Aber ob ich jetzt Pommes runterkriege? Mein Magen fühlt sich an, als könnte ich überhaupt nie mehr auch nur das kleinste Krümelchen essen.

Jonas allerdings hat damit keine Probleme. Vielleicht liegt

es aber auch daran, dass ich ihm gesagt habe, dass er bald auf den Broilergrill verzichten muss. Kaum haben Elvis und Frau Bulette uns begrüßt, bestellt er jedenfalls einmal alles und macht es sich dann an der Theke bequem.

Am Stammtisch sitzen die Hähnchenbrüder und schweigen vor sich hin. Frau Bulette macht sich an der Fritteuse zu schaffen, und ich weiß genau, dass sie froh ist, dass sie auch nichts sagen muss.

»Maloche is det Beste jejen Kummer«, flüstere ich ihrem Blumenrücken zu. ›Maloche‹ bedeutet ›Arbeit‹, und eigentlich sagt Frau Bulette das zu anderen, eben immer dann, wenn die Kummer haben.

Die Blumen zucken. Erst nur ein ganz kleines bisschen, sodass man es fast übersehen könnte. Aber dann wird das Zucken stärker, und dann zittert die ganze grau-beige Blumenwiese.

»Frau Bulette?«, frage ich ganz vorsichtig. »Frau Bulette, weinst du?«

Es ist nämlich eine Sache, in Ohnmacht zu kippen, wenn man einen schrecklich ungerechten Brief bekommt. Aber es ist eine ganz andere Sache, deswegen zu weinen. Vor allem wenn man dabei Frau Bulette ist. Die hat zuletzt der Herbert zum Weinen gebracht. Und selbst das ist bloß eine Geschichte, die sich die Hähnchenbrüder erzählen und die darum vielleicht Manni erfunden hat.

Ich streichle den Blumenrücken, der kurz mit dem Zittern aufhört, und sage zu Jonas: »Kannst du dir deine Pommes selbst machen?«

Jonas kapiert sofort und nickt. Ich schiebe Frau Bulette zum Stammtisch. Manni springt auf, damit sie sich auf seinen Stuhl setzen kann. Kaum hat sie das gemacht, zittert die Blumenwiese wieder los.

»Wat soll ick nur machen?«, schluchzt Frau Bulette. Darauf hat keiner von uns eine Antwort. Wenn Frau Bulette selbst schon keine Ahnung hat, was sie machen soll, wie sollen wir es dann wissen?

»War das die wichtige Angelegenheit, in der du am Beauty-Donnerstag unterwegs warst?«, frage ich leise, damit sie nicht erschrickt. Sie sieht aus, als würde schon ein Mäusepiepen sie wieder ohnmächtig machen.

»Wat?« Frau Bulette schnäuzt sich laut in eine ihrer dünnen Papierservietten. »Nee. Det war ...« Sie guckt Manni an, der etwas verloren rumsteht. »Willste dir nich 'n anderen Stuhl hol'n, Manni?«

Manni nickt und nimmt sich einen Stuhl vom Nebentisch. Ich hole mir auch einen, und dann sitzen wir alle da und wissen nicht, was wir sagen sollen. Das einzige Geräusch ist das Brutzeln der Fritteuse. Als Jonas endlich sein Essen fertig hat, setzt er sich zu uns. Aber weiter wissen wir darum noch immer nicht.

Jonas hat gerade die Pommes verdrückt und macht sich an das Hähnchen, da haut Jannis auf einmal mit der flachen Hand auf den Tisch.

»Huch!«, entfährt es Frau Bulette, und auch wir anderen zucken ordentlich zusammen.

»Mir reicht's!«, sagt Jannis. »Wir werden uns dagegen wehren!«

»Und was willst du machen?«, fragt Kalle. »Der hat das Haus hier gekauft. Und die halbe Straße gleich dazu.«

»Wir brauchen einen Anwalt«, meint Jannis.

»Den hat Papa schon«, sage ich leise. »Aber ich glaube, der hat nichts Gutes gesagt.«

Frau Bulette guckt mich an. »Nee, Josettchen, det is Kokolores. Det kann nich stimmen.« Den anderen erklärt sie: »Thorsten hat jemeint, ick soll mir keene Sorgen machen.«

»Warum sagst du das denn nicht gleich?« Manni strahlt. »Dann ist doch alles gut. Kein Grund zur Aufregung, der Thorsten kriegt das schon hin.«

Ich gucke von einem zum anderen. Oje, wie soll ich ihnen das bloß beibringen? Ich versuche es mit: »Papa hat gesagt, dieser Typ im Anzug hat leider recht.«

Alle gucken mich an.

»Er wollte dich vielleicht bloß beruhigen«, flüstere ich und streichle wieder Frau Bulettes Blumenwiese. Dieses Mal an ihrem Oberschenkel.

»Na, sag ich doch«, ruft Jannis. »Und morgen kommen schon die Typen, die hier alles ausmessen sollen, damit dieser Lackaffe auch genau weiß, wie viele Meter er kaputt machen muss.«

»Was?« Warum sagt mir das denn keiner? So schnell geht das?

»So is det leider, Josi-Kind«, sagt Frau Bulette traurig. »Det stand ooch in dem Brief.«

»Wir müssen was unternehmen.« Jannis springt auf. »Wir gehen auf die Straße!«

Auf die Straße gehen? Das ist doch nichts Besonderes. Auf der Straße laufen alle möglichen Leute rum, und dann?

»Was willst du denn da?«, erkundige ich mich.

»Na, was schon!«, antwortet Jannis. »Demonstrieren!«

Kalle schiebt einen Zahnstocher zwischen den Zähnen hin und her. »Aber was soll das bringen?«, fragt er. »Der Herr Hausbesitzer kommt doch garantiert nicht genau in dem Moment zufällig hier vorbei, wenn wir mit Plakaten durch den Kiez wandern. Und wenn doch, dann wird ihn das wohl kaum jucken.«

»Nu sei doch nich so mies jelaunt, Kalle«, sagt Frau Bulette. »Früher hat det ooch jeholfen, dass wa uff die Straße jejangen sind und jesagt haben, wat uns nich passt.«

»Ja, früher«, seufzt Manni. »Das Problem an früher ist, dass das so lange her ist.« Sein Blick wandert zu den Fotos an der Wand. Tja, wenn er dieses Früher mit den Glitzerblumen und dem Schillern meint, dann ist das tatsächlich sehr lange her.

»Das sehe ich auch so«, stimmt Kalle ihm zu. »Außerdem: Hat dieser Schnösel sein schickes Auto auch nur ein Mal hier geparkt und sich umgeguckt?«

Ich will antworten, aber Kalle redet schon weiter.

»Hat er nicht. Sonst wüsste er nämlich, dass er gleich den ganzen Kiez einreißen kann, wenn er uns den Broilergrill wegnimmt.«

»Was?« Da ist es wieder, mein Schlagzeugherz. »Der reißt vielleicht alles ab hier?«

»Das war nur eine Hyperbel«, nuschelt Jonas mit vollem Mund.

Wir gucken ihn an. Alle. Die ganze Zeit sitzt er stumm da und futtert. Und dann macht er endlich den Mund auf, und das ist alles, was er weiß?

»Ja, von mir aus«, sagt Kalle.

Ich sehe ihm an der Nasenspitze an, dass er genauso wenig weiß, was eine Hü-Dingsda ist, wie ich.

Jonas sieht das auch. »Eine Hyperbel ist eine Übertreibung.« Er schiebt sich ein neues Stück Hähnchen in den Mund. »Sprachliches Stilmittel nennt man so was.«

Ich verstehe noch immer nicht mehr als Bahnhof und Bratkartoffeln.

»Was ist denn jetzt? Wird der hier alles abreißen oder nicht?«

»Wird er nicht«, sagt Jonas.

»Und woher willst du das wissen?«, mischt Frau Bulette sich ein.

Jonas zuckt mit den Schultern und guckt konzentriert auf seinen Teller. »Weil das unlogisch ist«, murmelt er.

Manni lehnt sich zu Jonas rüber. »Aha, und wieso, wenn ich fragen darf?«

»Na, weil es viel sinnvoller ist, die Häuser hier teuer zu renovieren und dann noch teurer zu vermieten.«

Frau Bulette schnappt nach Luft. »Sinnvoll? Dass ick nich lache. Du findest det sinnvoll? Dann kann sich aber keener von uns hier det Wohnen noch leisten«, informiert sie Jonas.

Der wird auf einmal ganz rot im Gesicht. »Ich weiß«, gibt er zu. »Sinnvoll ist es auch bloß für ihn. Und für die Leute, die sich das leisten können. Und für die Firmen, die dann hier ihre Büros haben.«

Frau Bulette lehnt sich zurück. Eigentlich fällt sie mehr nach hinten, und die Stuhllehne hält sie glücklicherweise auf. »Det gloob ick alles nich. Da kommt so 'n piekfeiner Schnösel um die Ecke und will allet kaputt machen.«

»Nicht kaputt«, murmelt Jonas. Mit dem Hähnchen ist er fertig, jetzt kommt die Apfeltasche dran. »Neu.«

Frau Bulette glotzt ihn an. »Ja, jut. Denn eben neu.« Sie

betont das, als wäre neu das Allerletzte. Ist es ja auch. Zumindest jetzt.

Keiner sagt mehr was. Wir gucken Jonas zu, wie er seine Apfeltasche mit drei Bissen verputzt.

Dann steht Jannis auf. »Also«, fragt er, »demonstrieren wir?«

»Jut, machen wa«, entscheidet Frau Bulette. »Det schadet zumindest ooch nich.«

Nein, schaden kann das wohl nicht. Aber ob es hilft?

PLÄNE, POMMES UND DAS LOCH IM HAUS

Ich habe ja gedacht, wenn man demonstriert, dann macht man das von Anfang an draußen auf der Straße. Aber da habe ich mich geirrt. Eine Demonstration fängt man anscheinend am besten damit an, dass man sich erst mal die Köpfe heißquatscht. Und zwar im Broilergrill.

Nachdem die Sache entschieden war, haben die Hähnchenbrüder sofort alle im Kiez informiert, dass es bald zur Sache geht und dass wir uns in ein paar Tagen treffen, um Pläne zu schmieden.

In ein paar Tagen ist heute, und jetzt sitzt der halbe Kiez seit Stunden im Broilergrill, und alle sind furchtbar aufgeregt. Jonas und ich haben die Fritteuse übernommen, denn es geht hier schließlich um den Broilergrill, und da kann Frau Bulette ja nicht hinter der Theke stehen, weil sie alles entscheiden muss.

Obwohl wir zu zweit sind, kommen wir kaum nach mit den Pommes, und Kalle musste schon zweimal zum Kiosk laufen und Getränke holen, weil Frau Bulette gar nicht so viel im Hinterzimmer hat.

Papa hat für Frau Bulette den Brief vorgelesen, den sie bekommen hat, weil sie das nicht schafft, ohne gleich wieder ganz zittrig zu werden. Von Abreißen ist darin wirklich nicht die Rede. Aber da steht, dass der Kiez rundum schick und neu werden soll, vor allem und zu allererst das Haus vom Broilergrill. Und da sollen Büros rein, und außerdem passt der Broilergrill dann nicht mehr dazu. Hähnchen und Pommes sind wohl nicht schick?

Also, das muss man ja wohl nur mal Jonas mit seinen coolen Klamotten und seinem ganzen teuren Kram fragen. Merkt man ja, dass es ihm hier im Broilergrill gefällt. Aber Jonas hat der Lackaffe leider nicht gefragt. Und darum ist der Broilergrill in drei Monaten dicht.

»Drei Monate«, murmle ich. »In drei Monaten sitzen wir auf der Straße.«

»Na ja, also du ja nicht. Was mit euren Häusern passieren soll, ist doch noch gar nicht klar«, sagt Jonas und schüttet eine neue Ladung heiße, fettige Pommes aus dem Frittierkorb in die Würzschüssel.

»Doch«, sage ich. »Ich nämlich auch. Und die Hähnchenbrüder. Und Frau Bulette gleich doppelt, weil in ihrer Wohnung in drei Monaten ein Büro ist und sie da nämlich auch nicht bleiben kann.«

Mir wird ganz elend im Bauch, wenn ich daran denke. Und plötzlich fällt mir noch was ein.

»Die Pancakes sitzen dann übrigens auch auf der Straße, weil sie keinen Proberaum mehr haben. Wo sollen die sich denn dann treffen und ihren ganzen Kram aufbewahren? Bei uns zu Hause geht das nicht. Und bei den anderen auch nicht. Und am Ende gibt es gar keine Pancakes mehr. Aber ohne die Pancakes, das kann ich dir sagen, ist Papa nicht mehr Papa.«

Jonas tut so, als hätte ich nicht gerade völlig konfus wie ein Wasserfall geredet. (Ich weiß das! Aber manchmal hilft eben nur ein Wasserfall, um die Sachen loszuwerden, die das Feuerwerk oder die Flummis durcheinanderwirbeln.)

»Warum?«, will Jonas einfach nur wissen und schwenkt die Pommes in der Schüssel hin und her.

»Weil die Pancakes sein bester Job sind.«

»Aber die verdienen doch gar nichts.«

»Noch nicht«, erwidere ich. Nicht, weil ich auf einmal daran glaube, sondern weil Jonas das gesagt hat. Außer mir (und vielleicht noch Frau Bulette) darf niemand was gegen Papa und die Pancakes sagen.

»Sind denn die anderen Jobs so schlimm?« Die Pommes sind fertig, und Jonas verteilt sie auf ein paar Teller.

»Oh, das kannst du aber glauben!«

»Warum?«

»Weil Papa und seine anderen Jobs genauso wenig zusammen passen wie er und meine Mutter oder deine Eltern.«

»Das ist natürlich kompliziert«, findet er. Und das will was heißen. Er schiebt die Teller über die Theke und ruft: »Pommes, letzte Runde!« Dann zieht er mich mit sich. »Komm. Aber leise.«

»Wo willst du hin?«, frage ich, als wir uns nach draußen geschlichen haben, ohne dass jemand es bemerkt hat. »Zu einem neuen Ort?«

»Das nicht. Aber ich habe eine Idee.«

Wir verziehen uns aufs Dach, und Jonas zückt sein Handy.

»Hast du dir mal unsere Klickzahlen angeguckt?«

»Ja klar. Klickzahlen. Hab ich längst gecheckt.« Ich schaue ihn an und schüttle den Kopf. Das müsste er doch inzwischen wirklich selbst wissen.

»Dann schau mal hier.« Er zeigt auf die Zahl unter unserem Freibadfilm. Die kann sich sehen lassen.

»Mensch, Manni! Das sind ja mindestens dreimal so viele wie beim Märchenpark!«, platze ich heraus.

Jonas nickt stolz.

»Und was ist jetzt deine Idee?«, frage ich. Nur damit ich mir die Zahl angucke, sind wir doch ganz sicher nicht hier raufgekommen.

»Josi«, sagt Jonas aufgeregt. »Jetzt denk doch mal nach!«

Ich versuche es. Aber außer Pommes, einem Broilergrill,

in dem Leute in feinen Anzügen demnächst hinter der Theke und am Stammtisch sitzen und auf Computer starren, und Frau Bulette, die auf der Straße steht, fällt mir gerade wirklich nichts ein.

»Mensch, wir benutzen den Kanal, um auf die Sache aufmerksam zu machen!«, klärt Jonas mich auf. »Nichts gegen Frau Bulette und Co. Aber wenn die paar Leute demonstrieren, dann interessiert das nicht mal Schmidts Katze.«

»Die Schmidts von nebenan haben eine neue Katze? Seit wann denn?«

Jonas grinst. »Das sagt man doch bloß so.«

»Noch nie gehört«, brummle ich.

»Jedenfalls wird das keiner mitkriegen«, geht Jonas darüber hinweg. »Aber durch meinen Kanal eben schon.«

»Und wie soll das gehen? Wir machen doch Filme mit verlassenen Orten.«

»Ja. Ganz genau.« Jonas zeigt auf das Video mit dem Loch im Dachboden. »Das hier ist kein verlassener Ort«, sagt er dann. »Das hier ist ein Haus, das sich dieser Typ auch unter den Nagel gerissen hat.«

Ja, ist klar. Als ob.

»Woher weißt du das?«, erkundige ich mich, auch wenn ich ihm kein Wort glaube.

»Ich habe ihn da gesehen.« Warum klingt er denn auf einmal so genervt? Ich frage doch bloß.

»Du hast ihn gesehen? Und er? Hat er dich auch gesehen?«

»Nein, natürlich nicht!«

Das ist schon mal gut. Aber ich kapiere es noch immer nicht. »Und was hat das mit dem Broilergrill zu tun?«

»Noch nichts«, sagt Jonas. »Aber bald sehr viel. Wir fangen mit dem Haus hier an. Da machen wir einen Film, in dem du keine Geschichte mit Aliens oder Riesen oder hellsehenden Jungs erzählst.«

»Sondern?«

»Sondern eine, über all die Leute, die da drin mal gewohnt haben, und was in den Wohnungen so alles passiert ist.«

»Aber ich kenn die doch nicht.«

Jonas verdreht die Augen. »Das ist doch total egal! Die denkst du dir aus.«

»Und dann sehen die Leute, die den Film im Netz angucken, dass das nicht einfach bloß ein Haus ist, sondern dass da wer gelebt hat?«

»Jetzt hast du's!«

»Und?«

Jonas guckt mich schräg an. »Was?«

»Was soll das bringen?«

»Na, überleg doch mal!«, sagt Jonas in einem Ton, als wäre ich schwer von Begriff. »Die gucken sich das an und sind dagegen, was mit dem Haus passiert. Ist doch klar.«

»Und dann …« Da fällt der Groschen. »Klasse!«, rufe ich. »Gute Idee! Aber erzähl das bloß nicht Frau Bulette. Die hat was gegen das Netz.«

»Niemals.« Jonas springt auf. »Also, los!«

»Jetzt? Es ist doch schon dunkel.«

»Nicht jetzt. Aber wir müssen uns vorbereiten. Die Bauarbeiter kommen früh, und bis dahin müssen wir schon wieder weg sein. Darum …«

»… haben wir nicht viel Zeit«, beende ich Jonas' Satz.

Er nickt. »Und darum sollten wir das üben.«

»Üben?« So ein Quatsch! »Ich muss meine Geschichten doch nicht üben!«

Jonas guckt mich nur lässig an. »Dann nenn es eben proben. Sogar die großen Filmstars proben ihre Szenen vorher.«

»Pf«, mache ich bloß. Proben wir eben. Wenn er unbedingt will. Aber das wird ihm schnell langweilig werden. Mir ist jetzt schon öde.

Ich hole uns meine Bettdecke und Papas alten Camping-Schlafsack von unten und schreibe Papa einen Zettel, dass wir oben übernachten. Das tun er und ich auch manchmal im Sommer, da wird er sich gar nicht wundern.

Wir machen es uns in den Liegestühlen gemütlich.

Als Erstes gucken wir uns den ganzen Film an, den Jonas in dem alten Haus gedreht hat, und zählen die Wohnungen.

Es sind ganz schön viele. Zwanzig Stück, und die Hälfte davon ist vom Riesenholzwurm kaputtgefressen worden.

»Was meinst du, wenn die noch da gewesen wären, als der Wurm kam?«, frage ich Jonas.

»Keine Aliens«, erinnert er mich.

»Ein Riesenholzwurm ist doch kein Alien«, widerspreche ich. (Obwohl man das nicht wissen kann.)

»Auch keine Geschichten mit überdimensionalen Würmern und anderen Monstern.« Jonas grinst.

»Ist ja gut.« Ich gucke mir das Loch noch mal genauer an. Kein Holzwurmloch. Aber was sonst?

»Was meinst du, womit haben die Bauarbeiter das gemacht?«

»Keine Ahnung«, antwortet Jonas. »Wahrscheinlich haben die Stockwerk für Stockwerk mit einem Presslufthammer den Boden kaputt gemacht. Und jetzt bauen sie da eine Treppe hin oder so.«

»Aber es gibt doch schon eine.«

»Ja, aber vielleicht will der Typ eine andere. Die Wohnungen da drin sollen ja auch alle ganz neu und anders werden, als sie waren.«

Ich kann nicht aufhören, in das Loch zu gucken. Es erinnert mich an ein Foto, das Papa mir mal gezeigt hat. Darauf war unsere Straße zu sehen. Aber ich hätte sie beinahe nicht erkannt. Kein Stein war mehr auf dem anderen, alles war kaputt. Papa hat mir erklärt, dass das nach dem Zweiten Weltkrieg war, vor mehr als siebzig Jahren.

Jedenfalls war in der Mitte des Fotos ein Haus, das gab es nur noch zur Hälfte. Heute ist an der Stelle eine Lücke zwischen den Häusern mit einem kleinen Spielplatz. Das Haus wurde irgendwann später abgerissen. Aber auf dem Foto kann man einfach so in die Zimmer reingucken. Da sind ein halbes Bad, ein halbes Wohnzimmer und eine Küche, von der nur noch der Herd stehen geblieben ist.

»Bereit?«, fragt Jonas.

»Bereit«, sage ich. Jonas zückt sein Handy und öffnet die Aufnahmefunktion. Als er auf Play klickt, lege ich los.

»Dieses Haus ist sehr, sehr alt«, sage ich. »Viele Menschen haben hier gewohnt. Ein paar von ihnen sind hier geboren, andere haben hier gelebt, bis sie uralt waren und gestorben sind. Und manche sind gekommen und schnell wieder gegangen.«

Ich gucke Jonas an. Der wedelt mit der Hand in der Luft. Ich soll wohl weiterreden.

»Aber dann kam eines Tages der Krieg und hat das Haus kaputt gemacht. Ja, klar. Natürlich war das nicht der Krieg selbst. Die Leute, die den Krieg geführt haben, waren schuld. Aber die Bewohner, die konnten nichts dafür. Trotzdem war ihr Haus eines Tages zerstört. Es war von oben nach unten durchgebrochen. Eine Hälfte aller Wohnungen war weg. Einfach zusammengefallen. Da standen sie, und es zog schrecklich durch die Zimmer.

In der Wohnung im dritten Stock war es besonders schlimm, denn die hatte noch dazu ein Loch auf der anderen Seite abbekommen. Aber die Leute wollten ihr Haus nicht verlassen. Und so haben sie gemeinsam alle Steine gesammelt, die von der anderen Hälfte übrig waren. Und sie haben das Haus wieder aufgebaut.

Dabei haben sich der Mann aus dem dritten Stock und die Frau aus dem ersten Stock sogar ineinander verliebt. Am Anfang wollten sie natürlich jeder in ihrer eigenen Wohnung bleiben. Aber dann ist die Frau doch in den dritten Stock gezogen, und in den ersten kamen neue Leute. Und so stand das Haus viele Jahre. Bis vor Kurzem, als eines Tages alle Bewohner – auch der Mann und die Frau, die inzwischen steinalt waren – gehen mussten und es wieder kaputtgemacht wurde ...«

Ich gucke Jonas an. Der streckt den Daumen in die Luft. Dann stoppt er die Aufnahme.

»Das war super!«, platzt er heraus. (Sag ich doch.) »Mit dem Haus fangen wir an. Morgen früh gehen wir hin und filmen das noch mal neu, damit das alles richtig zusammenpasst. Dann legen wir deine Geschichte darüber.« Er strahlt. Von allen seinen Gesichtern, finde ich dieses hier am besten.

»Und das ist erst der Anfang. Wir machen das mit jedem

Einzelnen der Häuser, die dieser Typ schick machen will. Nicht nur mit denen hier in der Straße.«

»Und wie willst du rausfinden, welche das sind?«

Jonas guckt auf seine Schuhe, die unter dem Schlafsack rausspitzen. »Das lass mal meine Sorge sein. Das gibt ein Happy End. Eins ist nämlich sicher: Den Broilergrill kriegt er nicht.«

»Und unser Dach auch nicht«, füge ich leise hinzu.

MOTORTHERAPIE, EIN TSUNAMI UND DIE BERLINER UNTERWELT

Es ist noch dämmrig, als Jonas und ich uns auf den Weg machen. Das Haus ist nicht weit von unserem Kiez weg, hat er gesagt, und darum hole ich Papas altes Klapperrad aus dem Keller. Jonas fährt im Stehen, und ich hänge mich mit dem Skateboard hinten dran. So sind wir am schnellsten, auch für den Fall, dass wir abhauen müssen.

So früh am Morgen ist fast niemand unterwegs. Ich mag das. Dann ist alles noch irgendwie neu.

Jonas muss ganz schön strampeln, um uns beide mit dem alten Drahtesel vom Fleck zu kriegen. Wenn uns jemand beobachten würde ... Das Fahrrad quietscht und scheppert, Jonas schnauft wie eine alte Dampfwalze, und die Rollen von meinem Skateboard rattern über das Kopfsteinpflaster. Vielleicht ist das hier doch nicht die beste aller Fluchtoptionen.

»Du solltest dich vielleicht mal mehr bewegen«, ziehe ich Jonas auf.

»Und du könntest weniger Pommes essen«, gibt er schnaufend zurück.

»Ich? Wer futtert denn hier immer, als gäbe es die nächsten zwanzig Jahre nichts Ordentliches mehr auf den Tisch?«

»Ist ja auch so«, brummelt Jonas.

»Was ist so?«, will ich wissen.

»Dass es nichts Ordentliches zu essen gibt. Meine Mutter isst kein Fleisch und auch nichts anderes, was jemals was mit einem Tier zu tun hatte.«

»Vegan ist in«, gebe ich zu bedenken.

Es gibt in Berlin viele Leute, die vegan essen wie Jonas' Mutter. Daher gibt es auch schon richtig viele Restaurants, die nur noch Pflanzen kochen. Denen hat Papa nicht nur seinen Job im Großmarkt zu verdanken, sondern auch den im Restaurant. Da gibt es nämlich auch nur Pflanzen.

»Und gesund«, füge ich hinzu.

»Aber ich werd schon ganz krank von all dem gesunden Essen«, meint Jonas. »Gesund, gesund ... Mein ganzes Leben ist nichts als gesund.«

»Wieso denn das?«

»Frag das mal meine Mutter. Die hat immer nur gesund im Kopf. Alles wird zuerst mit der *Ist es gesund?*-Lupe gecheckt. Und wenn sie die nicht benutzt, dann nimmt sie die *Macht es schlau?*-Schere.

»Hä?«, ist alles, was mir dazu einfällt.

»Na ja. Wenn was nicht gesund ist, dann muss es wenigstens schlau machen. Am besten ist natürlich beides auf einmal. Du kannst dir nicht vorstellen, wo ich schon überall war, damit ich gesund und schlau werde.«

Das erklärt einiges, finde ich. Jonas hört kurz auf zu reden, weil er keine Luft mehr kriegt. Wir könnten tauschen, ich bin Papas Rad gewohnt.

»Nee«, murmle ich ein bisschen schadenfroh. »Nee, strampeln ist gesund.«

Jonas hat mich zum Glück nicht gehört.

»Babyschwimmen, Kinderkochschule, musikalische Früherziehung«, zählt er auf.

»Du kannst ein Instrument?«, frage ich. Das ist doch ganz gut. Aber Jonas redet einfach weiter. Wie ein Wasserfall. Wusste gar nicht, dass er das auch kann.

»Judo für die Körperbeherrschung, Yoga für Kinder …«

»So was gibt es?«, versuche ich dazwischenzukommen. Dass die Erwachsenen alle auf ihren Sportmatten liegen und Verrenkungen üben, ist ja nichts Neues. Aber warum müssen das jetzt auch wir machen? Jonas ist noch nicht fertig.

»Pekip, Ergotherapie, Mototherapie …«

Jetzt verstehe ich nur noch Bahnhof.

»Stopp!«, rufe ich und lasse das Rad los.

Jonas wird schneller und steigt gleich darauf vor Schreck in die Bremsen.

»He! Achtung, Josi!«, beschwert er sich.

Nicht schon wieder!

»Sag mal, machst du das eigentlich, um mich zu ärgern?«, frage ich, als ich zu ihm aufhole.

»Was?« Er guckt mich mit Fragezeichen in den Augen an.

»›Achtung, Josi?‹«

»Nein, wieso?« Jonas steigt ab und schiebt.

Ich klemme das Board auf den Gepäckträger. Zu Fuß sind wir zwar langsamer, aber nicht annähernd so laut.

»Was ist denn damit?«, will Jonas wissen. »Ich hab doch bloß ›Achtung‹ gesagt, weil du so plötzlich losgelassen hast.«

»›Achtung, Josi!‹ Das hast du gesagt.«

»Von mir aus. Und was ist daran so schlimm?«

»Du stirbst fast, weil du so gesund und schlau bist. Dafür bin ich hier für alle immer nur Remmidemmi.«

»Remmi-was?«, unterbricht Jonas mich.

»Remmidemmi. Tohuwabohu.«

Jonas guckt noch immer begriffsstutzig aus der Wäsche.

»Das Chaos!«

Er nickt. Endlich!

»Und ich kann dir sagen, das ist auch nicht besser. Garantiert hundertmal am Tag ruft irgendwer ›Achtung, Josi!‹. Als wäre ich mindestens so gefährlich wie ein Tsunami.«

Jonas grinst. »Bist du doch auch.«

»Pah«, mache ich. Dann wechsle ich lieber das Thema.

»Und was lernt man so bei Pe–« Wie hieß das noch gleich? »Äh, ich meine, bei einer Ego–« Nein, das stimmt auch nicht. Aber das Letzte, das weiß ich noch genau. »Also, was lernt man denn nun bei einer Motortherapie?«, erkundige ich mich. »Mofa fahren?« Ich kichere. »Oder ... Rasen mähen?«

»MOTO-Therapie«, sagt Jonas. »Ohne R.«

»Aha. Und was lernt man dann also da?«

»Nichts«, sagt Jonas. »Man macht lauter Sachen, die einem helfen sollen, keine Angst zu haben.«

»Hast du denn Angst?«

»Nö«, sagt er und bleibt stehen. »Wir sind da.«

Er zeigt über die Straße.

Ich erkenne das Haus aus seinem Film sofort. Von außen ist es zwar ganz, aber es fehlen alle Fenster. Durch die leeren Öffnungen kann ich das Loch sehen, das auf der linken Seite einmal von oben nach unten geht.

Jonas schiebt das Rad hinter ein parkendes Auto und guckt in beide Richtungen die Straße entlang. Die Sonne geht gerade auf. Außer uns ist niemand hier.

»Dann mal los«, sage ich. Jonas zückt die Kamera.

Wir huschen über die Straße.

»Wie kommen wir da rein?«, flüstere ich. Es ist schon etwas unheimlich hier. An einer Seite des Hauses steht ein Gerüst aus Stahlstangen. Eine Plane ist davorgespannt. Sie flattert leicht und macht Geräusche.

Jonas geht zur Eingangstür in der Mitte des Gebäudes. »Die müsste unverschlossen sein«, sagt er leise. »War sie zumindest letztes Mal.« Insgeheim hoffe ich, dass die Tür dieses Mal nicht offen ist.

Wir steigen die zwei Stufen hinauf, und Jonas drückt vorsichtig gegen die Tür. Sie bewegt sich wirklich. Jonas öffnet sie. Ich kann ihn gerade noch am T-Shirt festhalten, bevor er den ersten Schritt in den Abgrund macht.

»Mensch, Manni! Was machst du denn?«, fahre ich ihn an als er wieder sicher steht. »Du warst doch schon mal hier Wusstest du nicht, dass hier ein Loch ist?«

Jonas ist ganz käsig im Gesicht. »Nein. Letztes Mal war nur das Treppenhausloch da.«

Und das ist ein ganzes Stück weiter links. Aber jetzt ist dieses Loch hier eben auch da.

»Und wie kommen wir jetzt rein?«

Jonas denkt einen Moment nach. »Wir müssen es hintenrum versuchen.« Er zeigt nach rechts.

Neben dem Haus ist auf dieser Seite ein Durchgang. Das gibt es bei uns in der Stadt ziemlich oft. Hinter dem Haus, das an der Straße liegt, steht meistens noch ein zweites und manchmal sogar ein drittes, und alle sind durch Höfe und Durchgänge miteinander verbunden.

»Vielleicht gib es eine Hintertür«, stimme ich Jonas zu.

Wir huschen durch den Torbogen und landen tatsächlich

in einem riesigen Innenhof. Der ist viel größer als die Höfe, die ich kenne. In der Mitte ist ein alter Springbrunnen. Das Wasser ist abgestellt, aber es floss früher einer steinernen Meerjungfrau aus dem Mund. Die schwimmt mit ein paar Fischen (auch aus Stein natürlich, wie sollten echte Fische denn ohne Wasser im Brunnen überleben?) um die Wette. Ein paar alte Bretter liegen in einer Ecke. Und es gibt Laternen. Die sind rund um den Brunnen aufgestellt. So richtige, alte Straßenlaternen. Ein paar Schutthaufen verteilen sich im Hof.

»Hier hat bestimmt mal der Bär gesteppt«, flüstere ich.

Ich weiß gar nicht, warum ich das denke. Das ist bloß so ein Gefühl.

Ich gucke mich weiter um.

Einen Durchgang zu einem dritten Hof gibt es nicht. Zumindest sehe ich keinen. Aber wie es sich gehört, ist der Hof von Häusern eingerahmt. Ein paar der Fenster sind mit uralten Holzfensterläden verschlossen. Vor einem Teil der Fassade steht ein Gerüst mit einer Plane.

»Da drüben!« Jonas zeigt auf die Tür zum linken Seitenhaus.

»Aber wie willst du denn von hier ins Vorderhaus kommen?«, frage ich, als wir hinüberrennen.

»Durch den Keller«, antwortet Jonas. »Die Keller sind fast immer verbunden.«

Er deutet auf den Boden vor der Tür. Im weißen Staub sind Fußspuren zu sehen. Die führen aus dem Keller raus, aber auch in ihn hinein.

»Die Bauarbeiter benutzen den Keller bestimmt als Zugang zu einem Teil der Baustelle.«

»Du kennst dich aber aus ...«, murmle ich.

»Sag ich doch«, wispert mir Jonas über die Schulter zu. »Alles, was gesund und schlau macht ...«

Oder auch nicht. Der Plan ist vielleicht gut. Nur leider ist die Tür verschlossen. Aber Jonas ist nicht aufzuhalten.

Er guckt sich um. Dann rennt er wieder los.

Bei einem zugenagelten Kellerfenster hält er an. Er rüttelt ein bisschen an den Brettern.

»Los, Josi. Das geht!«, schon schiebt er das erste Brett zur Seite.

Auf einmal habe ich ein mulmiges Gefühl im Magen.

»Jetzt komm schon! Oder willst du erwischt werden?«

Jonas steht im Hof und hält das Brett hoch, das das Kellerfenster schützen sollte. Genau vor jemandem wie uns. Es ist eine Sache, in einem Märchenpark rumzulaufen, wo man nur einen Busch zur Seite schieben muss, um durch das Loch im Zaun zu schlüpfen. Oder in einem alten Freibad auf den Dreimeterturm zu klettern. Aber in ein Haus einsteigen?

»Hasenfuß«, sagt Jonas, der gerade mit den Beinen im Kellerfenster verschwindet. »Komm schon.«

Jonas grinst. Und genau darum stapfe ich auf das Fenster zu. Dass ich ein Hasenfuß bin, kann ich nicht auf mir sitzen lassen. Das weiß er, und das macht mich irre. Noch mehr würde es mich allerdings ärgern, wenn da drin was Supertolles wartet und ich nicht dabei bin.

»Halt mal«, sagt Jonas, als ich bei ihm ankomme.

Er wartet, bis ich das Brett übernommen habe, dann lässt er sich vorsichtig durch das Fenster nach drinnen runter. Ein muffiger Geruch schlägt mir entgegen. Das Letzte, was ich von Jonas sehe, sind seine Hände, die sich am Fenstersims festklammern.

»Ist das tief?«, erkundige ich mich. Anstelle einer Antwort lässt Jonas los. Ich zähle in Gedanken die Sekunden. Und, ehrlich wahr, davon vergehen eine Menge, bevor ich höre, wie er unten aufkommt.

»Es geht«, ruft er aus dem Keller. »Vielleicht ein halber Meter zu springen.«

Was? Vielleicht ein halber Meter? Das klingt nach wenig, aber rückwärts und ohne zu sehen, wohin man springt? Na, klasse.

»Lass dich langsam runter«, gibt er mir furchtbar fachmännisch Anweisung. »Ich mach dir eine Räuberleiter.«

Okay, das ist ja wenigstens mal eine gute Idee. Ich gucke mich um. Womit kann ich das Brett blockieren, damit es nicht wieder nach unten klappt und den Ausweg versperrt?

Hmmm, mal sehen. Ah, da hinten auf dem Schutthaufen ist ein alter Colakasten. Das geht bestimmt. Ich lasse das Brett los.

»He!«, beschwert sich Jonas von unten. »Das ist ganz schön dunkel!«

Ich renne zum Schutthaufen und schnappe mir den Kasten. Der sieht ziemlich alt aus. Hoffentlich hält das Plastik. Ich hebe das Brett wieder an, schiebe den Kasten darunter. Funktioniert.

»Wo warst du denn?«, will Jonas wissen.

»Das Brett bleibt nicht von alleine oben, du Schlaumeier«, sage ich, während ich mich auf den Boden lege und meine Füße zu ihm runterlasse. Reden ist gut, wenn man gerade dabei ist, etwas vielleicht total Dummes zu machen. »Bist du bereit für die Räuberleiter?«

»War noch nie bereiter«, kommt die Antwort.

»Bereiter gibt es nicht. Was ist denn los mit dir? Hast du etwa selbst Schiss?«

»Pass bloß auf. Wenn ich dich fallen lasse, wärst du froh, wenn es bereiter gegeben hätte.«

Ich muss kichern und lasse beinahe los. Nur beinahe! Ein Glück bin ich gut im Turnen. Sieht man mir nicht an, ich weiß. Ist aber so.

»Jetzt mach schon«, fordert Jonas mich auf. »Oder willst du etwa den ganzen Tag da hängen?«

Will ich nicht. »Bereiter?«, frage ich. Dann schiebe ich mich noch ein Stückchen weiter durch das Fenster, damit mein Turnbeutel nicht irgendwo hängen bleiben kann, und lasse diesmal wirklich los!

Erste Regel beim Verlassen auf jemand anderen (Stichwort Team!): Fragen, ob der andere bereit ist. Dann WARTEN, bis die Antwort kommt.

Zweite Regel: ERST RÜCKWÄRTS IN DEN ABGRUND SPRINGEN, WENN DIE ANTWORT »JA!« WAR!

Mich erwartet keine Räuberleiter. Das heißt, vielleicht gab es sie. Aber dann war sie wohl eher gemacht für dünne Supermodels mit grimmigem Blick. Also schon mal nicht für mich. Ich bin ja, wenn überhaupt, ein Pommesmodel. Darum poltern Jonas und ich übereinander und untereinander im Keller zu Boden.

»Autsch!«

»'tschuldigung«, sage ich und rapple mich auf.

»War blöd, merkste selbst«, murrt Jonas.

Er hebt die Kamera auf, die ihm aus der Hand gefallen ist, und prüft, ob noch alles ganz ist. Dann montiert er sie an seine Mütze und rappelt sich hoch. Seine Jeans hat ein ziemlich großes Loch, aber das sage ich ihm lieber erst, wenn wir hier wieder raus sind. Äh, übrigens …

»Wie kommen wir hier eigentlich wieder raus?« Ich werfe einen Blick nach oben zum Fenster. Zu hoch, definitiv. Und wie das mit der Räuberleiter funktioniert, haben wir ja grade festgestellt.

»Darum kümmern wir uns später.« Jonas knipst die Taschenlampe an und leuchtet durch den Raum. »Da! Da vorne ist eine Tür. Los, komm!«

Er geht vor, und ich folge ihm. Wo wir schon mal da sind … Die Kellertür ist aus Holz. Jonas probiert die Klinke. Uff, das geht! *Pling*. Er startet die Kamera, macht das Licht an, das er extra für Aufnahmen im Dunkeln angebaut hat, und wir schleichen dem Lichtstrahl nach in Richtung Vorderhaus. Zumindest glaube ich, dass wir zum Vorderhaus unterwegs sind. Irgendwo ist ein Geräusch zu hören. Pfeift da wer? Nein, wer sollte denn das sein hier unten. (Oder? ODER?)

Wir kommen an eine Abzweigung. Ein Gang geht links ab, der andere führt weiter geradeaus.

»Wo lang?«, frage ich Jonas. Er zeigt geradeaus.

»Und was ist links?«, überlege ich laut.

Jonas dreht sich zu mir um. »Abstellräume wahrscheinlich. Was soll da sonst sein in einem Keller?«

Was da sonst sein soll? Oh, da fällt mir eine ganze Menge ein.

»Was ist, wenn es da immer weiter geht und man einmal unter der ganzen Stadt durchlaufen kann?«

»Das wäre supercool«, antwortet Jonas leise. »Ein Weg durch die Berliner Unterwelt!«

»Aber wer weiß, wer da dann noch so alles ist.« Plötzlich kommt es mir vor, als wären wir nicht alleine hier unten. Nur, dass es ganz sicher keine Bauarbeiter sind, die uns Gesellschaft leisten.

»Lass uns mal einen Zahn zulegen«, fordere ich Jonas auf.

»Ah, doch ein Hasenfuß?«, fragt er.

»Nein«, behaupte ich. »Aber du hast doch selbst gesagt, dass wir weg sein müssen, bevor die Bauarbeiter kommen.«

Jonas nickt, und wir gehen geradeaus weiter.

Irgendwann kommen wir wieder an eine Tür.

»Da sind wir«, flüstert Jonas.

»Hoffentlich«, wispere ich. Mir spukt seit der Kreuzung nicht nur die gesamte Berliner Unterwelt im Kopf rum. Ich bin auch wirklich nicht sehr scharf darauf, hier überhaupt jemandem in die Arme zu laufen.

Jonas drückt ganz vorsichtig die Türklinke herunter.

»Mist«, flucht Jonas.

»Was ist?«

»Sie ist abgeschlossen.«

Was? Das kann doch nicht sein! So was Blödes.

»Und jetzt? Nehmen wir doch den Film, den du schon gedreht hast?«

Dann könnten wir wenigstens von hier verschwinden. Die Berliner Oberwelt, wo die Sonne scheint, ist mir nämlich eindeutig lieber.

»Nein«, entscheidet Jonas.

»Nein? Willst du jetzt hier ein Zelt aufschlagen und warten, bis dir jemand aufmacht?«

»Quatsch.« Jonas probiert noch ein letztes Mal, ob die Tür wirklich verschlossen ist. Ist sie.

»Na gut«, murmelt er. »Dann also auf in die Unterwelt.«

Oh, oh. Das ist aber gar keine gute Idee.

»Jonas, warte mal ...«, sage ich.

»Du hast eben doch Schiss«, kriege ich zur Antwort.

»Ja, okay«, gebe ich zu. »Vielleicht habe ich Angst. Aber nur ein bisschen.«

»*Am Ende sind Feiglinge die, die der dunklen Seite folgen*«, gibt Jonas zum Besten und marschiert los.

»Und welcher Held wusste das schon wieder?«, frage ich genervt und stapfe ihm nach. »Von dir ist das sicher nicht.«

»Yoda«*, erklärt Jonas, als müsste das jedes Baby wissen.

»Wer nennt sein Kind denn Yoda?«, murre ich.

Jonas bleibt stehen.

»Ernsthaft?« Er fixiert mich, als wäre er ein Scanner und ich irgendein Foto, das er einscannen muss.

»Was ist?«, frage ich.

»Meinst du das ernst?«

Ich nicke. Klar meine ich das ernst.

* Yoda ist ein Held aus dem Weltall. Genauer gesagt, aus den *Star Wars*-Filmen. Jonas guckt vielleicht wirklich zu viel fern.

Jonas schüttelt den Kopf und setzt unseren Weg fort. »Du kennst Yoda nicht. Das ist wirklich nicht zu fassen.«

»Also echt, ich kann ja nicht jeden kennen. Außerdem: Kennst du Josephine Baker?«

Ha! Damit habe ich ihn wohl geschlagen. Jedenfalls sagt er nichts mehr. Und ich auch nicht. Wir haben nämlich die Kreuzung erreicht. Jonas biegt rechts ab.

Jetzt bin ich es, die stehen bleibt.

»Mach schon, Josi, trau dich!«, schimpfe ich mich selbst.

»Genau«, bekräftigt Jonas, der drauf und dran ist, mitsamt seinem Kameralicht in dem Gang zu verschwinden.

Alleine hier unten im Dunkeln zu sein ist noch schlimmer als alles, was mein Kopf sich sonst so ausmalt. Also bleibt mir nichts anderes übrig, als Jonas in die Gefahr zu folgen.

Aber ich brauche bloß ein paar Schritte, um zu wissen, dass ich recht hatte. Das war keine sehr gute Idee.

Dieser Gang sieht irgendwie anders aus als der, aus dem wir gekommen sind. Eben waren die Wände glatt und trocken. Hier sind sie aus gemauerten roten Steinen, und irgendwo tropft Wasser von der Decke. Zumindest klingt es so, und es riecht auch irgendwie modrig.

»Abstellräume, was?«, murre ich. Und sehr leise sage ich dann: »Ich wusste, dass du Quatsch redest.«

Hier unten wurde weit und breit nichts abgestellt. Der Gang wird außerdem immer schmaler. Er kommt mir ewig lang vor. Aber irgendwann endet er, und plötzlich ist da wieder eine Tür. Sie ist mit einem Vorhängeschloss gesichert.

(Es gibt eindeutig zu viele Türen hier unten!)

»Was jetzt?«, frage ich, da höre ich plötzlich wieder das Geräusch von eben. Und jetzt erkenne ich es auch. Das sind Schritte. Und sie sind nicht weit weg. Jemand kommt den Gang entlang! Es müssen zwei Leute sein. Noch klingt es, als wären sie in dem neuen Teil mit den glatten Wänden. Hoffentlich bleiben sie da auch.

»Wie weit seid ihr vorne?«, fragt ein Mann.

Jonas hält die Luft an, und ich stehe stumm und steif da wie eine Plastikpuppe.

»Wir kommen gut voran«, antwortet ein anderer Mann. »Aber die Genehmigung ...«

»Ja, ja. Vergiss die Genehmigung. Bis die kommt, sind wir steinalt. Wir bauen ohne Genehmigung. Auch hier.« Das war wieder die erste Stimme.

»Das ist aber nicht rechtmäßig.«

Die beiden kommen schnell näher. Meine inneren Flummis spielen verrückt. Ich weiß überhaupt nichts mehr. Aber Jonas weiß dafür offensichtlich ziemlich viel. Er fängt an, neben mir die Wand abzutasten.

»Josi! Siehst du das?«

Nein, gar nichts. Kein bisschen. Was soll ich denn sehen?

»Guck doch mal. Hier sind die Steine anders.« Er streicht

über die Wand. »Nein, warte. Das sind keine Steine. Das ist … bloß ein Bild!«

Leise klopft er gegen die Steine, die keine sind. Es klingt hohl. Da wache ich auf einmal auf. Es klingt hohl? Das sind keine Steine? Dann kann es nur eins sein.

»Eine Geheimtür«, flüstern Jonas und ich gleichzeitig.

»Das muss aber schnell gehen«, sagt einer der Männer. Jetzt sind sie eindeutig in unserem Gang. Au Backe!

Jonas tastet die Wand ab, diesmal ist er wohl auch sicher, dass sein Leben davon abhängt.

»Mach das Licht aus!«, flüstere ich. Jonas tut, was ich sage.

Pling.

»Psst«, mache ich. (Völlig sinnlos, die Kamera kann mich ja nicht hören.)

»Und, ist da was?« Ich schiebe ihn ein Stück zur Seite und suche auch. Das Licht einer Taschenlampe flackert im Gang auf.

»Die sind gleich da!«, stellt Jonas fest.

»Echt?«, sage ich. Das soll cool klingen, tut es aber ganz und gar nicht.

Wie ein Tornado rasen meine Finger über die Wand. Da bleibt mein Zeigefinger auf einmal in einer Kuhle hängen.

»Leuchte mal«, sage ich zu Jonas.

»Mach das Licht aus, leuchte mal … Kannst du dich bitte entscheiden?«

»Jetzt leuchte schon. Aber nur ein bisschen.«

Jonas macht ein Geräusch, das klingt wie ein genervtes Ferkel. *Pling*, ertönt es wieder. Dann geht das Licht an. Jonas hält die Hand davor und dimmt es.

»Wohin?«, wispert er.

»Hier.« Ich ziehe seine Hand dahin, wo mein Zeigefinger in der Kuhle steckt.

»Was ist da?«

Ich nehme den Zeigefinger aus dem kleinen Loch und gucke es mir genau an.

»Das ist ein Knopf oder so was«, flüstert Jonas. »Drück mal.«

Und das mache ich.

Mit einem leisen *Klick* geht die Wand auf.

DAS HAUS DER TAUSEND TÜREN, DER ZIEGENMANN UND DIE TANZGESELLSCHAFT

Wir quetschen uns durch die Öffnung. Kaum sind wir auf der anderen Seite, schiebt Jonas die Tür wieder zu. Denn wir sind soeben wirklich durch eine Geheimtür verschwunden. Und das gerade noch rechtzeitig. Draußen kommen die Männer vorbei. Den Geräuschen nach schließen sie das Vorhängeschloss auf und verschwinden durch die andere Tür.

»Puh!«, seufzt Jonas. »Das war knapp.«

»Stimmt.« Ich gucke mich um. Wir stehen in einem weiteren Gang. Allerdings ist dieser überhaupt nicht mit dem zu vergleichen, aus dem wir gekommen sind. Und auch nicht mit dem davor. Dieser Gang hier sieht aus wie in einem Schloss. Die Wände sind mit dunkelroter Tapete bedeckt, und darauf sind Blumen. Große dunkle Samtblumen.

»Wow!«, sagt Jonas ganz leise.

»Was ist das?«

»Weiß ich nicht. Aber wir werden es rausfinden.«

Jonas nimmt die Hand vom Kameralicht, und wir gehen los.

Auch der Samtblumengang riecht ein bisschen muffig. Das ist so weit ziemlich normal in einem Keller. Aber da ist noch etwas anderes. Wie Ohdöfamm, nur noch schwerer und wattiger.

»Was glaubst du, wo der hinführt?«

Jonas zuckt neben mir mit den Schultern. »Ich weiß es nicht. Hier war ich noch nie. Und so wie es aussieht, war hier auch keiner von den Bauarbeitern.«

Das stimmt. Der Boden ist staubbedeckt. Vor uns ist er im Licht der Kamera bloß grau, aber wenn wir hinter uns gucken, können wir unsere fast schwarzen Fußabdrücke sehen.

»Wie lang diese Tür wohl nicht mehr geöffnet wurde?«

Jonas bleibt stehen. Mit Grabesstimme sagt er: »Hunderte von Jahren.«

Mir läuft ein Schauer über den Rücken. Vielleicht hat er recht.

»Diese Geheimtür wurde vor vielen Hundert Jahren versiegelt, nachdem eine schlimme Krankheit in der Stadt gewütet und alle Bewohner des Hauses dahingerafft hatte. Nur die schöne Tochter des Hausherrn, ihre beiden Dienerinnen und ein alter Knecht hatten überlebt«, flüstere ich. »Der alte Knecht mauerte alle Zugänge zu diesem Teil des Hauses zu.

Den letzten Zugang verschloss er mit einer Geheimtür. Diese sollte ihnen als Ausgang dienen, für den Fall, dass die Krankheit eines Tages ausgerottet würde und er seine Schützlinge aus der Einsamkeit ihres Gefängnisses entlassen konnte.

Doch die Zeit verging, und der alte Knecht starb, ohne dass er einem der Mädchen sein Geheimnis verraten hatte. So waren sie für alle Zeiten in diesem einsamen Teil des Hauses gefangen. Die Familie geriet in Vergessenheit, und eines Tages bekam das Haus einen neuen Besitzer. Neue Bewohner zogen ein, zum Beispiel die junge Frau und der junge Mann im Vorderhaus. Nur dieser Geheimgang im Seitenhaus, der blieb für immer unentdeckt.«

Ein Geräusch reißt mich aus meiner schaurigen Geschichte.

»Was war das?«

(Vielleicht sollte ich doch lieber bei Captain J und den Aliens bleiben. Das ist irgendwie nicht ganz so gruselig. Und auch der Riese im Märchenpark ist ein Dreck im Vergleich zu drei für immer eingeschlossenen Mädchen.)

Jonas nimmt die Mütze ab und hält sie sich unters Kinn, sodass sein Gesicht im Licht ganz weiß aussieht und die Augen wie schwarze Löcher. »Der Geist der schönen Tochter«, murmelt er grollend.

»Nicht witzig!«, rufe ich und bekomme eine Antwort aus allen Richtungen. »Itzig, itzig, itzig.«

Ein Echo?

Eben haben die Samtblumen doch noch alle Geräusche verschluckt. Jonas richtet die Kamera nach oben. Die Decke ist bemalt. Ein paar Engelchen gucken von dort auf uns herab.

»Das ist nicht hoch genug. Das Echo muss noch einen anderen Ursprung haben«, vermutet Jonas. (Kennt er sich jetzt etwa auch noch mit Echos aus?) Er richtet das Licht wieder nach vorne. Wir gehen weiter. Der Geruch wird immer stärker.

»Puh, das stinkt sogar noch schlimmer als Ohdöfamm.« Ich halte mir die Nase zu. Jonas kichert.

»Nee, an euer Stinkparfüm kommt das hier noch lange nicht ran. Das ist Schimmel. Und Mäusescheiße und ...«

»Schimmel und Mäusescheiße und was?« Ich will das vielleicht lieber gar nicht wissen, aber Jonas kann es mal wieder nicht lassen.

»Das riecht, als ob hier irgendwo ein totes Tier liegt.«

Iiiiiiiiigitt!!!

»Sind tote Tiere nicht giftig?« Papa hat mal so was erwähnt, als wir auf dem Dach eine tote Taube gefunden haben.

»Du musst es ja nicht gleich streicheln«, sagt Jonas nur.

Super. Heißt das jetzt Ja oder Nein? Das werde ich wohl nicht herausfinden, weil er weitergeht. Ich folge ihm. Wir kommen an eine steile Holztreppe. Inzwischen ist das tote Tier in meinem Kopf zu einer Anakonda oder vielleicht sogar zu einem Löwen geworden. Garantiert liegt es da oben am Ende der Treppe.

»Willst du da wirklich rauf?« Aber Jonas hat schon die ersten zwei Stufen hinter sich, also ist die Frage überflüssig. Klar will er da rauf.

»Na, hier unten können wir ja schlecht bleiben«, sagt er. »Oder hast du inzwischen entdeckt, dass du durchs Kellerfenster fliegen kannst? Dann lass es mich wissen, damit werden wir reich.«

Ha, ha, ha, wie lustig. Aber im Keller zu bleiben kommt wirklich nicht infrage. Ich will ja nicht dasselbe erleben wie die Anakonda. (Oder wie die drei Geistermädchen.) Ganz zu schweigen davon, dass ich im Keller den beiden Männern in die Arme laufen will.

Die Treppenstufen knarren bei jedem Schritt.

»Das Haus spricht mit uns«, sage ich. Ich weiß bloß nicht, ob es sich freut, dass wir da sind. Jonas nickt. Aha. Er weiß es auch nicht.

Ich gucke mich um. Das bisschen, das man im Licht der Kamera erkennen kann, ist ziemlich hässlich – ganz anders als im Samtblumengang. Die Wände sehen aus, als hätte da jemand mit so einem Kratzschwamm drübergerieben, mit dem man verbranntes Essen aus dem Topf kriegt. Das Treppengeländer ist wie die Treppe aus Holz, aber wenn man es anfasst, fühlt es sich glitschig an. Bäh.

Die Treppe ist zu Ende. Jonas leuchtet nach rechts und nach links. Wir stehen in einem Flur, der sich in drei Richtungen teilt. Auf beiden Seiten sind wieder zwei Treppen, die oben zusammenkommen und in einem Raum münden, von dem wieder ein Flur abgeht. Diese Treppen sind viel breiter als die Kellertreppe, und die Geländer glänzen im Licht unserer Lampe wie Gold. Die Decke dieses Treppenhauses ist auch bemalt. Man kann das Bild noch ziemlich gut erkennen. Drei Frauen tanzen um einen Mann mit Ziegenhörnern und Ziegenfüßen herum. Das sieht gruselig und gleichzeitig irgendwie schön aus. So richtig zum Gänsehautkriegen.

»Die drei Geistermädchen!«, sagt Jonas ehrfürchtig, als wir die linke der beiden Treppen hinaufgehen.

Ach, guck mal an. So abgebrüht ist er ja gar nicht.

Oben angekommen zeige ich nach rechts. »Wir sollten da lang gehen.«

»Warum da?«

»Weiß ich nicht. Ist nur so ein Gefühl.«

Und das stimmt. Ich weiß wirklich nicht, warum ich die anderen Möglichkeiten lieber nicht ausprobieren will. Aber mein Bauch hat immer recht. (Außer vielleicht, wenn es darum geht, bei Klassenarbeiten von drei möglichen Lösungen die richtige anzukreuzen.)

Jonas reicht das mit dem Gefühl wohl aus. Oder er hat endlich selbst kapiert, wie ein richtiges Team funktioniert.

Wir schleichen weiter. Es ist garantiert besser, leise zu sein. Das Haus hat so lange geschlafen, vielleicht wird es böse, wenn wir es aufwecken. Ob der Ziegenmann und die Geistermädchen von ihrem Bild herunterkommen? Kann man nicht wissen, hat man alles schon gehört.

Vor uns taucht wieder eine Tür auf. Man kann es nicht gut erkennen, aber sie könnte mal rot gewesen sein.

»Das Haus der tausend Türen.«

»Sieht aus wie getrocknetes Blut«, flüstert Jonas und fährt mit dem Finger über das Holz.

Uhhh! Was soll denn das?

Erstens: Ich habe noch nie eingetrocknetes Blut gesehen, ich kann also gar nicht wissen, wie das aussieht!

Und zweitens und überhaupt: Woher soll denn hier bitte Blut herkommen? Auf einer ganzen Tür!

In meinem Kopf lacht der Ziegenmann meckernd von der Treppenhausdecke herunter. Weiß der vielleicht mehr? Nein, das ist doch alles Quatsch! Ich bin mutig und tapfer und all so was. Darum mache ich einen Schritt an Jonas vorbei und greife nach der goldenen Türklinke. Die ist ziemlich hoch und geht schwer.

»Hilf mir mal«, fordere ich Jonas auf. Der steht noch immer da und starrt die Blutfarbe an.

»Wer ist jetzt hier der Hasenfuß?«, ziehe ich ihn auf.

Das hilft. Zusammen rütteln wir an der Klinke, und auf einmal schwingt die Tür mit einem lauten Quietschen auf. Nein, nicht nur mit einem Quietschen. Hier ist das Echo noch viel stärker. Es ächzt und quietscht und kreischt aus allen Ecken. Und dann ist da auf einmal wieder das Geräusch von vorhin. Es klingt ... wie ein entferntes Pfeifen.

»Ich glaube, jetzt haben wir das Haus böse gemacht«, flüstere ich. Jonas nickt nicht mal mehr. Dass wir wahrscheinlich jeden Moment einem aus einem Bild herabgestiegenen Ziegenmann ins Gesicht gucken, behalte ich lieber für mich. Stattdessen gehe ich einfach los. Wenn ich jetzt nämlich nicht gehe, dann renne ich. Und zwar in die andere Richtung.

»Gib mir die Kamera.«

Ohne ein Wort nimmt Jonas seine Mütze ab, drückt sie mir in die Hand, und ich ziehe ihn mit. Das ist nämlich das Wichtigste in Gefahrensituationen: niemanden zurücklassen!

Ich leuchte in den Raum. Das Licht reicht ein paar Meter weit, dann wird es einfach von der Dunkelheit (oder dem Ziegenmann) verschluckt.

»Der Raum muss riesig sein«, sagt Jonas.

Total klar. Kein Ziegenmann. Einfach nur ein großer Raum. Logisch. Mensch, Manni ...

»Leuchte mal nach oben.«

Das mache ich. Und da fällt uns beiden nichts mehr ein.

Auch hier ist die Decke ein riesengroßes Bild. Eine Tanzgesellschaft feiert eine Party. In einer Ecke des Partyraums ist ein Turm aus Gläsern aufgebaut, und Frauen mit riesigen Federfächern stehen auf einer Bühne. Hinter den Fächern haben sie nicht so viel an, glaube ich. Sie erinnern mich an irgendwas, aber der Ziegenmann springt noch immer so wild durch meine Gedanken, dass ich nicht draufkomme. In der Mitte tanzen Männer und Frauen und trinken und rauchen Zigarren, und an ein paar Tischen spielen Leute Karten.

Jonas nimmt mir die Kamera wieder ab und geht weiter. Nach zwei Metern stehe ich im Dunkeln und sehe zu, wie sich das Licht glühwürmchenmäßig durch den Raum bewegt. (Ich sollte mit ihm über »Zurücklassen in Gefahrensituationen« sprechen. Sofern wir hier heil rauskommen.)

»Die Wände hier sehen genauso aus wie das Bild da oben«, ruft Jonas aus einer Ecke. Das Glühwürmchenlicht wandert Richtung Boden. »Der Boden auch!«

Jonas arbeitet sich Schritt für Schritt voran. Und spätestens da weiß ich, dass der Raum hier echt groß ist. Es dauert eine Weile, aber dann taucht eine goldene Säule auf. Jonas fährt mit dem Licht an ihr entlang nach oben. Das ist keine Säule, das ist ein Rahmen. Oder so was in der Art.

»Eine Bühne!«, ruft Jonas. »Komm her, Josi, ich hab eine Bühne gefunden!«

Okay, das muss ich mir jetzt wirklich ansehen. Ziegenmann hin oder her, ich laufe los durch die Dunkelheit. Immer zum Licht, richtig? So soll man es machen, wenn man sich im Wald verirrt. Trifft sicher auch auf alte Häuser zu.

Jonas hat inzwischen die Stufen entdeckt, die auf die Bühne führen. Das Licht bewegt sich nach oben. Ich beeile mich. Unterwegs trete ich auf ein paar Sachen, die ich im Dunkeln nicht erkennen kann. Die Anakonda gesellt sich in meinen Gedanken wieder zum Ziegenmann. (Inzwischen bin ich sicher, dass es kein Löwe ist. Einen Löwen würde eine Ziege nicht reinlassen. Viel zu gefährlich für sie.) Ich habe es fast geschafft, da geht plötzlich das Licht aus. Etwas klirrt.

»Jonas?«, rufe ich. »Was ist los?«

»os, os, os«, antwortet das Echo. Und dann ist da wieder das Pfeifen. Jetzt klingt es fast wie ein Teil einer Melodie.

Jonas gibt leider keine Antwort. Aber habe ich da nicht ein Rascheln gehört? Und ein Klopfen? Wie von Hufen ... die auf einer ... Bühne laufen?

»Jonas!« Ich nehme die Beine in die Hand. Wenn die Anakonda mir jetzt im Weg liegt, hat sie eben Pech gehabt.

Bei der Bühne angekommen, taste ich nach der Treppe, nehme die vier Stufen in zwei Sätzen und stolpere am oberen Ende über etwas Hartes. Es knirscht, irgendwas kullert ein Stück über die Bühne, und unter meinem Schuh bricht Glas.

Au, Backe! Die Kamera!

»Jonas?« Ich flüstere, als wollte ich niemanden stören, was vielleicht auch der Fall ist. »Bist du …?« Der Gedanke ist auf einmal da. »Bist du … tot?«

Eine schreckliche lange Weile passiert nichts. Das wäre ein guter Zeitpunkt, um Weltuntergangsangst zu kriegen … Wo ist Captain J, wenn man sie mal wirklich braucht? Hier jedenfalls nicht. Hier bin bloß ich.

Ich stehe im Dunkeln auf einer Bühne in einem Haus, das seit Ewigkeiten keiner mehr betreten hat. Und niemand weiß, dass ich hier bin. Niemand außer einem an die Decke gemalten Ziegenmann, seinen drei Geistermädchen und einer leblosen Tanzgesellschaft über mir. Draußen in der Sonne geht derweil Frau Bulette mitsamt dem Broilergrill den Bach runter, und keiner ist da, der ihr hilft. Wie es aussieht, bald nicht mal mehr ich.

Eine ziemlich schlechte Voraussetzung für ein Happy End, oder?

SIEBEN STREICHHÖLZER, ELF SCHRITTE UND EIN FLAMINGO

Jonas ist weg. Verschwunden. Nicht wieder aufgetaucht. Und ich? Ich tappe im Dunkeln herum wie ein blindes Huhn auf der Flucht. Beides bin ich. Blind und auf der Flucht. Ehrlich gesagt, drehe ich gleich durch. Oder mache es wie Frau Bulette und verliere das Bewusstsein. Das wäre vielleicht sogar die bessere Idee. Dann würde es mich nicht mehr die Bohne interessieren, ob hier wirklich irgendwo ein pfeifender Ziegenmann sein Unwesen treibt. Leider kann man nicht mal so eben beschließen, aus den Socken zu kippen. Also bleibt mir wohl nur eins.

»Bambule, Josi!«, flüstere ich. Schnell nehme ich den Turnbeutel ab. Blind krame ich in meinen Sachen herum. Ich fühle Mamas Postkarten. Und die Broilermütze. Und das Springseil. Und Papas selbstumrührenden Kaffeebecher, den er mal von den anderen Pancakes geschenkt gekriegt, aber nie benutzt hat.

»Wo ist denn nur …?« Ja, wo ist ein kleines Fitzelchen Technik, wenn man es braucht? Jetzt wäre ein Handy schon praktisch. Dann könnte ich einfach jemanden anrufen. Oder wenigstens Licht machen. Aber für Licht habe ich auch was anderes. Ich krame weiter. Eine Packung Kaugummis, ein Flummi (Keiner von denen, die immer durch mich durchhüpfen, ein echter!), ein großer Würfel mit Geschichtenbildchen statt Zahlen drauf, ein Trinktütchen und … da! Die Streichhölzer von Jannis' Copyshop.

»Wozu braucht denn ein Copyshop Streichhölzer als Werbegeschenk?«, hat Kalle ihn gefragt, als er sie stolz beim Stammtisch gezeigt hat. »Mach doch lieber Notizzettel oder was anderes Nützliches.«

Aber Jannis fand Streichhölzer durchaus nützlich. Und, mal ehrlich, mit einem Notizzettel könnte ich im Augenblick wohl eher wenig anfangen.

Ich ziehe die Schachtel hervor und nehme den Beutel wieder auf den Rücken. Dann zünde ich das erste Streichholz an. Das Echo wiederholt das Ratschen und das Aufflackern der Flamme. Ansonsten ist es still.

»Kein Hasenfuß, Josi! Du bist kein Hasenfuß!«, flüstere ich. Jetzt habe ich außerdem auch wirklich keine Zeit mehr fürs Rumstehen und Angsthaben.

»Vierundzwanzig Streichhölzer«, hat Jannis uns damals erklärt. »Vierundzwanzig Stück pro Packung. Und auch noch in Überlänge. Also, Kalle, damit kann man doch wirklich etwas anfangen.«

Oh ja. Das kann man. Ich fange an zu zählen und laufe los.

»Eins. Zwei. Drei. Vier …«

Nach elf Schritten ist das Streichholz so weit runtergebrannt, dass ich es auspusten muss, um mir nicht die Finger zu verbrennen.

»Was macht elf mal vierundzwanzig?«, überlege ich. »Genug!«, beschließe ich schnell.

Das Licht der kleinen Streichholzflamme reicht nicht sehr weit, aber das ist alles, was ich habe. Also los.

Mit dem ersten Streichholz schaffe ich es, mich auf der Bühne ein bisschen umzugucken. Ich bin eben tatsächlich über die Kamera gestolpert. Ein paar Teile sind abgebrochen. So was Blödes! Ich sammle das kaputte Ding ein. Vielleicht kann man da ja noch was reparieren. Falls nicht, habe ich ja immer noch die Dachkamera in meiner roten Kiste.

»Wird sowieso Zeit, dass ich die Jonas zurückgebe.« Freunde sollen sich nichts klauen. »Freunde sollten auch keine Geheimnisse voreinander haben«, sage ich laut, nur für den Fall, dass er doch noch irgendwo in der Nähe ist. (Wenn ja, dann ist er aber garantiert nicht mein Freund, weil das dann ein total dämlicher Scherz ist. Und wenn nicht … Nein, den Gedanken darf ich mir gar nicht erst erlauben. Wenn Jonas nämlich nicht mehr hier ist, dann hat ihn entweder ein Ufo lautlos entführt oder – Stopp! Stopp!)

»Konzentrier dich«, flüstere ich mir streng zu. Und das hilft. Ich gucke mich weiter um.

Außer der Kamera liegt hier nichts. Aber in einer Ecke wächst eine Palme. Keine echte! Das ist so eine Kulissenpalme. Darunter steht ein Flamingo.

Ich mache das zweite Streichholz an.

»Ein ganz schön unheimlicher Zoo ist das hier«, erkläre ich dem rosa Federvieh. »Du bist nämlich nicht alleine, weißt du? Nimm dich vor Anakondas in Acht.« Der Flamingo, der wie die Palme aus Pappe ist, glotzt mich an. »Guck nicht so«, fordere ich ihn auf. »Erzähl mir lieber, wie ich hier rauskomme.«

Wie zur Antwort wackelt er mit dem Kopf. Und dann pfeift er. Und er spricht. Mit Jonas' Stimme.

»Lass mich los!«, ruft er.

Nein! Jonas ist entführt worden! Der Ziegenmann grinst mich in meinen Gedanken an. Aber ich schüttle ihn ab. Ein eingebildeter Ziegenmann entführt keine Jungs. Hier muss jemand anderes sein.

Das Pfeifen hallt in meinem Kopf wider … dieses gut gelaunte Pfeifen. Die Melodie kommt mir bekannt vor. Aber wo habe ich die nur schon mal gehört? Papa? Nein, der pfeift eher selten und wenn, dann was von Elvis. Frau Bulette? Die kann gar nicht pfeifen. Manni? Mit seiner Lunge? Nö, auf keinen Fall. Aber irgendwas hat das mit dem harten Kern zu tun. Der harte …

»Ich glaub, mein Schwein pfeift!«, platze ich heraus. Denn auf einmal ist mir völlig klar, wer das ist. Der Lackaffe! Genau so hat der nämlich gepfiffen, als er die Knallersause kaputt gemacht hat. Alles reißt er sich unter den Nagel. Und jetzt hat er gemerkt, dass Jonas und ich ihm in die Quere kommen. Also hat er Jonas entführt!

Oh Gott, ich glaube, jetzt bin ich doch nicht mehr so weit von einer Ohnmacht weg. Oder ich werde wahnsinnig.

Aber Gefahr macht angeblich die Instinkte schärfer. Auch das haben die in dieser Tiersendung mit dem Fluchtinstinkt gesagt. Bevor der nämlich einsetzt, kommen erst mal alle anderen Instinkte so richtig in Fahrt. Und wenn die einem alle mitteilen, dass es besser wäre, abzuhauen, dann geht's los.

Meine Instinkte sagen noch nichts von Wegrennen. Wohin auch? Aber ich kann hören. Und wie gut ich hören kann. Ich höre nämlich, dass das Pfeifen nicht aus diesem Tanzsaal kommt. Es kommt aus einer Richtung, die hinter der Bühne liegt, genauso wie Jonas' Stimme. Hier muss also irgendwo ein Durchgang sein. Ich schlucke. Diese bescheuerte Angst darf jetzt nicht nach oben kommen. Ich muss Jonas retten!

Streichholz Nummer drei ist gefragt. Im schummrigen Licht suche ich die Rückseite der Bühne ab. Auf jede Bühne kommt man nicht nur von unten, sondern auch irgendwie von hinten. Das Suchen ist gar nicht so leicht, wenn das Licht, das man hat, eine Flamme ist. Hier hängen nämlich Tonnen von Stoffvorhängen rum. Von dem Papiergras, das die ganze Bühnenrückseite einnimmt, mal ganz zu schweigen. Das Streichholz ist fast runtergebrannt, als ich mich endlich durch Gras und Stoff und ein paar Dekorationsgegenstände, die ich nicht genau erkennen kann, durchgewühlt habe. (Ohne versehentlich etwas davon anzuzünden!)

»Na, wer sagt's denn?«

Ich stehe hinter der Bühne. Hier ist eine Art Zwischenraum. Und dann gibt es wieder eine Treppe. Dieses Mal ist es eine enge Wendeltreppe. Vorsichtig arbeite ich mich im Streichholz-Licht hinunter. Hier unten ist die Decke niedrig, der Raum ist voll mit Stahlträgern und Kabeln und zwei riesigen Zahnrädern. Ich stehe unter der Bühne.

»Wieder im Erdgeschoss«, murmle ich. Das vierte Streichholz zeigt mir am Ende dieses Raumes ein paar Türen. Hier gibt es wohl wirklich nichts als Türen. Türen und Türen und nochmals Türen. Aber diesmal weiß ich genau, für welche ich mich entscheiden werde. Weil eine der Türen nämlich offen steht. Da sind sie raus. Garantiert!

Das fünfte Streichholz leuchtet mir den Weg durch diese Tür. In dem kleinen Zimmer dahinter entdecke ich im Schummerlicht einen Tisch, ein paar Sessel und ...

»Huch!«

Vor Schreck lasse ich beinahe das Streichholz fallen. Da steht jemand!

»Bitte tun Sie mir nichts!«, piepse ich dem Jemand entgegen. Super, Josi, da kriegt man ja richtig Angst!

Aber der, der da steht, antwortet nicht.

»Ich weiß, wer Sie sind!«, versuche ich es noch mal. »Lassen Sie Jonas frei, oder ich zeige Sie an.«

Der Schatten sagt immer noch nichts. Da geht das Streichholz am Boden aus. Und auch der Schatten verschwindet.

Sofort mache ich ein neues an. Gleichzeitig macht auch der andere wieder Licht. Moment. Das kann doch ... Ich nehme allen Mut zusammen, den ich noch nicht auf dem Weg von diesem bekloppten Kellerfenster bis hierher verbraucht habe, und gehe einen Schritt auf ihn zu. Der kommt auch einen Schritt näher, und da erkenne ich ihn.

»Josi, du Doofkopp«, schimpfe ich los. Das ist ein Spiegel! Das ist einfach nur ein Spiegel, und das da ist nicht der Lackaffe, das bin ich selbst. Ich stehe in der Garderobe für die, die auf dieser Bühne früher aufgetreten sind.

»Das hier ist der beste verlorene Ort, den ich je gesehen habe«, flüstere ich. Zumindest wenn es hier hell und ich nicht alleine wäre, und wenn Jonas nicht entführt worden wäre, und wenn ich nicht langsam mal ganz dringend hier raus müsste, um ihn zu retten.

»Oder um Hilfe zu holen«, murmle ich. Was ausnahmsweise bestimmt mal keine so schlechte Idee ist.

Ich zünde Streichholz Nummer sieben an und sehe mich genauer um. Vielleicht hat diese Garderobe hier ein Fenster oder noch eine zweite Tür? Irgendwo muss der Entführer Jonas doch hingeschleppt haben!

Nein, keine Tür. Aber tatsächlich ein Fenster. Es ist hinter einer Samtgardine versteckt, nur der Fenstergriff schaut hervor.

»Also, wer sagt's denn?«

Ich puste das Streichholz aus, jetzt brauche ich beide Hände. Sofort herrscht stockdunkle Nacht um mich herum.

Langsam taste ich mich zu dem kleinen Tisch vor, über dem der Spiegel hängt. Direkt daneben, etwas höher, ist das Fenster. Ich finde den Tisch und auch den Stuhl, der davor steht. (Autsch!) Den schiebe ich vor mir her bis zur Wand. Vorsichtig steige ich darauf. Ha! Da ist der Fenstergriff. Ich ziehe den Vorhang zur Seite und mache mich darauf gefasst, dass mir gleich die Sonne ins Gesicht scheint. Aber denkste! Da sind nur ein paar schmale Lichtstreifen. Die reichen allerdings aus, um etwas zu erkennen. Vor dem Fenster ist ein Holzladen. Hier sind sie also nicht raus. Aber immerhin weiß ich jetzt, wo ich bin. Und es ist ein Weg nach draußen – wo ich Hilfe holen werde!

»Bitte, geh auf!«, beschwöre ich das Fenster. Der Griff hakt ein bisschen, aber er bewegt sich. Das Fenster ist auf meiner Seite! Es schwingt nach innen auf. Jetzt wird es schwieriger. Ich drücke und rüttle an der Verriegelung des Fensterladens. Die ist total eingerostet. Aber irgendwann gibt auch sie nach. »Da soll noch mal einer sagen, Pommes machen nicht stark, Frau Bulette!«

Ich ziehe mich aufs Fensterbrett und gucke nach draußen. Huch, von außen sah das aber nicht so hoch aus. Das hier ist zwar nicht so hoch wie der erste Stock bei uns zu Hause, aber es ist auch nicht wie mal eben ein paar Treppenstufen auf einmal zu nehmen. Egal. Ich muss da jetzt raus. Aber lieber andersrum. Also schlüpfe ich zurück in die Garderobe. Der Raum liegt jetzt im Dämmerlicht. Alte Fotos hängen an der Wand gegenüber. In der anderen Ecke ist ein Schrank, eine Tür steht offen. Da hängen ja noch Kleider drin! Aber jetzt habe ich keine Zeit, mich umzugucken.

Ich drehe mich um und schiebe mich mit den Beinen voran aus dem Fenster. Dann lasse ich los. Diesmal ist da keine Räuberleiter (na gut, die war ja auch vorhin nicht da), kein Jonas und kein Abenteuer. Diesmal ist da nur der Innenhof. Und ein paar Bauarbeiter, die gerade durch die abgeschlossene Tür die Baustelle betreten.

Ich springe zu Boden und ducke mich an die Wand. Sie haben mich noch nicht bemerkt. Puh!

Ich warte, bis sie drin sind. Dann mache ich mich auf den

Weg. Nach ein paar Schritten drehe ich mich noch mal um. Oh, verdammt. Der Fensterladen. Falls der Lackaffe zurückkommt, um mich auch zu holen (falls er überhaupt weiß, dass Jonas nicht alleine war), darf er auf keinen Fall mitkriegen, dass ich abgehauen bin. Auf einem der Schutthaufen liegen ein paar Holzlatten. Ich flitze hinüber und hole mir eine davon. Damit schiebe ich den Laden wieder zu. Hoffentlich hält er auch ohne Verriegelung. Vorsichtshalber lehne ich die Latte dagegen. Das wird hier in all dem Schutt wohl niemandem auffallen.

Dann mache ich mich, so schnell ich überhaupt laufen kann, aus dem Staub.

Ich schaffe es unentdeckt zur Straße.

Das Fahrrad ist noch da. Und auch mein Skateboard klemmt nach wie vor auf dem Gepäckträger.

»Jonas, wir retten dich!«, murmle ich. Dann schnappe ich mir das Board und brettere los. Papas Rad lasse ich stehen. Falls Jonas hier rauskommt, braucht er ein Fluchtfahrzeug noch dringender als gedacht.

IHMCHEN SCHLAUKOPF, EIN PLAN UND NOCH EIN PLAN

»Frau Bulette! Ein Notfall!«, brülle ich, als ich durchs Treppenhaus zu Frau Bulettes Wohnung renne. Dann läute ich Sturm. Bis ich den Schlüssel im Turnbeutel gefunden habe, ist Jonas vermutlich schon ... Nein, oh Gott. Ich klingle noch mal und noch länger. Endlich schlurft Frau Bulette durch den Flur und öffnet.

»Wat is denn los?«, fragt sie müde. »Josi! Allet in Ordnung?«

»Ein Notfall!«, wiederhole ich und drücke mich an ihr vorbei in den Flur. »Jonas ist weg!«

Frau Bulette schließt die Tür hinter mir.

»Weg?«, kommt es noch müder zurück.

»Ja, weg! Entführt.«

»Hm«, macht sie.

»Hallo?!«, rufe ich. »Hast du mir nicht zugehört? JONAS WURDE ENTFÜHRT!«

»Wer wurde entführt?« Schalupke kommt aus der Küche und guckt mich neugierig an. »Oh, Josi! Na, alles Bambule?!«

»Was macht denn Schalupke hier?«, will ich von Frau Bulette wissen.

»Och, ich … ich habe bloß den Kühlschrank repariert«, erklärt Schalupke.

Um diese Zeit? So früh am Morgen?

»Wir müssen los!« Ich werde immer zappeliger. Was sind die denn so schwer von Begriff?

»Josi, jetzt mal ganz langsam. Wer wurde entführt?«

»J-O-N-A-S!«, rufe ich. Ist der schwerhörig?

»Ach, dein Freund!« Schalupke grinst. Aber dann wird sein Blick ernst. Na endlich!

»Wann?«, will er wissen.

»Eben! Wir müssen ihm helfen!«

Ich mache die Tür wieder auf und schiebe Frau Bulette raus.

Und da kommt plötzlich Leben in sie.

»Wir brauchen Manni«, sagt sie, während wir zu dritt die Treppe runterrennen.

»Den hole ich«, sagt Schalupke. »Trommel du Kalle und Jannis zusammen.«

Frau Bulette nickt. »Und du holst deinen Vater, Josi. Er soll seine Kumpels mitbringen. Wir treffen uns im Grill. Denn machen wa 'n Plan.«

Einen Plan? Am Ende schlägt wieder jemand vor zu demonstrieren!

»Das dauert zu lang! Wir müssen sofort los!« Ich laufe als Erste zur Haustür raus.

Frau Bulette bleibt stehen und schnappt mich am Arm.

»Josi, warte«, sagt sie. »Wir können nich sofort losrennen wie uffjescheuchte Hühner. So jeht det nich. Du musst uns schon erst mal berichten, wat eijentlich jeschehen is.«

Okay, von mir aus.

»Dann in fünf Minuten im Grill«, rufe ich und bin schon auf dem Board.

Zu Hause flitze ich die Treppe hoch und hämmere auch gegen unsere Tür. (Schlüssel suchen ... ach, ihr wisst schon.)

»Thorsten!«, brülle ich so laut, dass man es sicher durchs ganze Treppenhaus hört. »Thorsten, mach auf! Notfall! Papaaaaaaa!«

Papa reißt die Tür auf. Er hat noch geschlafen und hat einen Kissenabdruck auf der Wange.

»Josi, was ist passiert?«, fragt er. Im Gegensatz zu Frau Bulette ist er trotzdem hellwach.

»Jonas ist entführt worden!«

»Vom Dach?«

Sein Blick wandert zur Dachluke.

»Nein. Vom Lackaffen!«

»Vom Lackaffen?« Papa rennt zurück in die Wohnung und

kommt in einer Jeans und einem T-Shirt zurück. Wow! Sich schnell anzuziehen hat er in all den Jahren mit Frühschicht echt gelernt. Zum Glück hat er heute keine.

»Wann?«, fragt er. »Wo?« Er schlüpft in die Schuhe. (Erstaunlich, dass er beide am selben Ort stehen hat.)

»In einem alten Haus, das der Lackaffe auch gekauft hat und wo er jetzt alles kaputt macht, um es dann neu zu machen und ... Los, Papa. Wir treffen uns am Grill. Du musst den Jungs Bescheid geben!«

Natürlich war es total unnötig, das zu sagen, denn Papa hat schon das Handy am Ohr. Trotzdem rennt er noch mal zurück in die Wohnung.

»Schlüssel vergessen«, sagt er. (Mensch, Thorsten!)

»Jetzt aber los!«

Wir machen uns gerade auf den Weg, da geht der Fahrstuhl auf und Schalupke marschiert heraus. Er ist total außer Atem.

»Der Fahrstuhl funktioniert?«, fragt Papa verwundert.

»Was machst du hier?«, frage ich. »Du sollst doch Manni holen!« Dass man auch immer alles zweimal erklären muss!

Schalupke schnappt nach Luft. »Mache ich.« Aber anstatt Manni zu holen, marschiert er zu Gittis Wohnungstür und klingelt. Gitti ist wohl schon wach. Vielleicht auch wegen mir. Jedenfalls macht sie sofort auf.

»Was ist denn los, um Himmels willen? Josi, warum

brüllst du denn so?«, fragt sie, als sie Papa, Schalupke und mich sieht.

»Jonas wurde entführt!«, rufe ich wieder.

»Wir brauchen Mannis Hilfe«, erklärt Schalupke.

Warum erzählt er das denn Gitti? Als ob das hier alles irgendwie Sinn ergeben würde. Langsam glaube ich, dass nicht ich verrückt bin, sondern die anderen.

Gitti dreht sich nach innen in die Wohnung um und ruft: »Manni, kannste mal kommen?«

Und Manni kommt tatsächlich. Äh, wie jetzt?

»Jau?«, fragt er, als er uns sieht.

Schalupke hat endlich eingesehen, dass die Zeit drängt, und zieht Manni mit sich.

»Mitkommen«, sagt er. »Erklärung und Plan im Grill.«

Gitti lässt sich das natürlich nicht entgehen, und so kommen wir gleichzeitig mit Jojo, Karl und Hannes, die Papa schnell zusammengetrommelt hat, am Grill an. Kalle und Jannis sind schon da. Frau Bulette natürlich sowieso.

Auf dem Stammtisch und der Theke liegen Plakate. Die haben sie wohl gestern Abend noch gebastelt. Für die Demonstration.

»So, Josi«, eröffnet Papa die Krisensitzung. »Dann erzähl mal. Was ist mit Jonas?«

Und da kann ich gar nichts mehr geheim halten. Auf einmal muss ich alles erzählen. Von dem Märchenpark, dem

Riesen, dem Wolf und den Aliens. Vom Freibad mit dem Jungen, der die Zukunft hört.

»Ihr seid in ein Freibad eingestiegen?«, fragt Karl neugierig dazwischen.

»Ja. Und wir wurden beinahe erwischt.«

Damit Papa erst gar nicht schimpfen kann, rede ich schnell weiter. Von den Filmen, auch wenn dann Jonas' Deckname auffliegt. Von seiner Motortherapie, auch wenn die jetzt überhaupt gar nicht wichtig ist. Von dem Haus mit dem Riesenloch und der Liebesgeschichte zwischen den Stockwerken.

»Und da ist Jonas entführt worden?«, will Papa endlich wissen.

»Ja«, sage ich. »Jedenfalls irgendwie.«

Stimmt ja auch. Irgendwie war es in dem Haus. Dass wir vor zwei Männern durch eine Geheimtür abgehauen sind und all das, ist vielleicht ein bisschen mehr, als Papa und die anderen jetzt verkraften können.

»Und du bist sicher, dass er entführt wurde?«, will Manni wissen.

»Ja!«

»Du hast ihn nicht einfach in dem Haus aus den Augen verloren?«

»Mensch, Manni!«, rufe ich. »Ich bin doch nicht blöd!«

»Nee, Josi«, sagt Frau Bulette. »Det biste wahrlich nich.

Aber vielleicht is Ihmchen Schlaukopf ... also, ick meene, Jonas ... vielleicht is der bloß einmal anders abjebogen als du. Kann det denn jar nich möglich sein?«

»Nein, kann es nicht.«

Und dann erzähle ich von dem Pfeifen.

»Genau so hat der Lackaffe gepfiffen, als er hier mit Sofia bei der Knallersause aufgetaucht ist. Und Jonas hat um Hilfe gerufen.«

Hat er ja. Fast.

»Na jut, det klingt schon so, als wäre da wat nich janz koscher«, gibt Frau Bulette zu. »Also jut, denn brauchen wir 'n Plan.«

»Aber einen schnellen«, sage ich vorsichtig. Weil ich natürlich bemerkt habe, dass Papa mich schon die ganze Zeit furchtbar ernst anguckt.

»Annemie, wo ist der Brief von dem?«, fragt Manni.

»Den hab ick immer hier«, antwortet Frau Bulette und holt den zerknitterten Briefbogen aus ihrer Schürzentasche.

Manni faltet ihn auseinander und liest die Adresse.

»Das ist gar nicht so weit von hier«, sagt er.

Kalle steht auf. »Dann wollen wir dem Herrn mal einen Besuch abstatten.«

Alle anderen erheben sich. Aber da hört Papa auf, mich anzugucken, guckt stattdessen zum Fenster raus und sagt: »Nein.«

»Wat?«, fragt Frau Bulette.

»Nein«, wiederholt Papa. »Das machen wir nicht.«

»Aber Papa!«, rufe ich.

Jetzt dreht auch noch er durch. Doch Papa zeigt seelenruhig zur Broilergrill-Tür. Die geht genau in diesem Augenblick auf und der, der da hereinkommt, grinst uns unter seiner Basecap verlegen an.

»Hallo zusammen.«

EIN VERRÄTER, UNGLAUBLICH VIELE POMMES UND NOCH EINMAL BAMBULE

»Jonas! Wo warst du?«, rufe ich laut. (Ich muss so laut sein, um die Geröllawine zu übertönen, die gerade von meiner Seele rumpelt. Jonas ist wieder da! Ein Glück!)

»Ist alles in Ordnung mit dir?«, erkundigt sich Manni.

»Hat der dir irgendwas getan?«, fragt Gitti.

»Wenn ja, dann hauen wir den kaputt!«, behauptet Kalle.

»Wir waren sowieso gerade auf dem Weg zu ihm«, ergänzt Jannis.

So bestürmen wir Jonas, der einfach nur dasteht und nichts sagt.

Als keiner mehr weiß, was er noch fragen oder sagen soll, holt Jonas Luft.

»Wer soll mir was getan haben?«, fragt er sehr leise.

»Na, der Lackaffe!«, rufe ich. »Der hat dich doch entführt.«

»Der Lackaffe …«, sagt er. »Der … also, der hat mich nicht entführt.«

Wie bitte?

»Aber ich habe das Pfeifen erkannt!«

»Hat der dich bedroht?« Kalle baut sich vor Jonas auf. »Hat er gesagt, dass er dir was antut, wenn du ihn verrätst?«

Jonas schüttelt den Kopf.

»Ich wurde nicht entführt«, sagt er noch mal. Dabei guckt er mich an, als wollte er mich hypnotisieren. Okay, er will mir was sagen. Aber was? Denk nach, Josi! Denk nach!

»Du wurdest nicht entführt«, wiederhole ich, um Zeit zu gewinnen.

Jonas schüttelt den Kopf. »Nein.«

»Aber er war da«, sage ich so, dass nur Jonas hören kann, dass es eine Frage ist.

Alle Augen sind auf uns gerichtet. Ich komme mir vor wie in einem Zirkus, und Jonas und ich sind die Akrobaten. Wir turnen geschickt um die Wahrheit herum.

»Ja«, sagt Jonas. »Er hat die Baustelle besichtigt.«

»Und du warst ...«, beginne ich die Frage, die jetzt wohl am allerwichtigsten ist.

»... die ganze Zeit da. Ich habe mich nur verlaufen. Und als ich wieder zurückgefunden habe, warst du weg. Ich bin so froh, dass dir nichts passiert ist!«

Das mit dem Verlaufen stimmt nicht, und Jonas weiß das logischerweise. Aber warum behauptet er das? Was will er damit bezwecken? Ich komme einfach nicht drauf.

»Dann ist ja alles gut«, sage ich darum. »Du hast bestimmt Hunger. Komm, wir gehen zu uns und machen Waffeln.«

»Ähäm«, räuspert sich Frau Bulette streng. Au Backe, wir sollten uns wirklich schnell verdrücken. Frau Bulette steht nämlich nicht auf Drama, und ich habe ja wohl reichlich davon gemacht vorhin. Aber da konnte ich ja schließlich auch noch nicht ahnen, dass Jonas kein bisschen in Gefahr ist.

Jonas nickt, und wir spurten los.

»Und wir?«, fragt Karl hinter uns in die Runde, während Elvis uns ein Abschiedslied singt.

»Na, wat wohl? Wir demonstrieren«, entscheidet Frau Bulette. Scheinbar hat sie beschlossen, mich davonkommen zu lassen. Und wenn Frau Bulette nichts sagt, sagt auch sonst niemand was. Logisch, oder?

»Ja! Wir demonstrieren gleich hier! Der Lackaffe kommt mit seinen Vermessungsleuten jedenfalls nicht hier rein!«, ruft Jannis.

Frau Bulette steht auf. »Wer will Kaffee?«

Die Tür fällt hinter Jonas und mir zu. Kaum sind wir um die Ecke, sodass man uns durch die Grill-Fenster nicht mehr sehen kann, bleibe ich stehen.

»Wo warst du denn?«, platze ich heraus. »Ich habe dich gehört, aber dann …«

Jonas unterbricht mich. »Ich komme nicht mit«, sagt er. »Aufs Dach. Waffeln essen.«

»Ah?«, mache ich. »Wieso nicht?« Es geht hier doch gerade gar nicht um Waffeln. Aber ich bin so überrumpelt, dass ich das für eine Sekunde fast selbst vergesse.

»Ich habe einen Termin.«

»Was denn für einen Termin?«, will ich wissen. »Es sind Ferien.«

»Mototherapie«, sagt er schnell. Und da weiß ich sicher, dass das eine Ausrede ist. Und noch sicherer weiß ich, dass diese ganze Sache hier zum Himmel stinkt. Er wollte mir eben gar nichts sagen. Er wollte nur den Lackaffen decken. Aber warum? Und warum weiht er mich nicht ein? Denn das ist es doch, was wir auf dem Dach machen wollten, oder nicht? Das war zumindest mein Plan. Aber Jonas hat wohl einen anderen. Einen, der ohne mich stattfindet. Na gut, dann wird es mal wieder Zeit für etwas Taktik.

»Okay«, sage ich ganz normal. »Dann bis später.«

»Bis später«, sagt Jonas.

Ich winke ihm zu und laufe nach Hause. Drinnen renne ich natürlich erst mal die Treppe rauf, damit er keinen Verdacht schöpft. Aber kaum ist die Haustür zugefallen, kehre ich um und postiere mich dahinter. Durch das Türfenster beobachte ich Jonas draußen auf der Straße. Er steht mit hängenden Schultern da, als ob er nicht genau wüsste, was er jetzt machen soll. Dann gibt er sich plötzlich einen Ruck und geht rüber zu seinem eigenen Haus.

»So sieht das also aus, wenn du einen Termin hast«, flüstere ich. Aber dann verschlucke ich mich fast. Weil da auf einmal der silberne Wagen um die Ecke biegt. Er parkt genau vor Jonas' Haus. Ein Mann und eine Frau steigen aus, auch die sehen total gelackt aus. Sie gehen in Richtung Broilergrill. Das müssen die Leute sein, die alles ausmessen sollen.

Der Lackaffe bleibt am Steuer sitzen. Jonas guckt sich um. Dann geht er zur Beifahrertür, öffnet sie und steigt ein.

»Das ist nicht dein Ernst!«, platze ich heraus.

Jonas und der Lackaffe unterhalten sich. Es sieht nicht so aus, als hätte Jonas Angst oder so. Dann gibt der Lackaffe ihm ein schwarzes Päckchen, und Jonas steigt wieder aus. Kaum hat er die Autotür zugeworfen, wendet der Lackaffe das Auto und brettert zum Broilergrill. Also ehrlich, nicht mal die paar Meter läuft der?

Ich gucke zurück zu Jonas. Er steht auf der Straße und betrachtet das Päckchen. Was ist das? Ich drücke mir die Nase an der Scheibe platt, um etwas zu erkennen. Jonas packt das Päckchen aus. Und ist das denn die Möglichkeit? Was er da zum Vorschein bringt, kann ich selbst aus dieser Entfernung erkennen. Das ist eine Kamera. Schon wieder eine neue!

Wo. Hast. Du. Die. Her?!, hallt es irgendwo in meinen Erinnerungen. Das habe ich ihn im Freibad gefragt, als er die neue Kamera aus dem Rucksack gezaubert hat. (Okay, ich habe ihn angebrüllt. Aber zu Recht!)

Geschenkt gekriegt, hat er gesagt.

»So wie diese hier«, schlussfolgere ich. Das war nicht gelogen. Ich reiße die Tür auf und brülle über die Straße.

»Wir sind also ein Team, ja?« Dann schmeiße ich die Tür zu, renne nach oben und klettere aufs Dach. Ich lausche, ob ich Schritte auf der Treppe höre. Aber Jonas folgt mir nicht. Ich gehe zur Dachkante und gucke runter. Da steht er und guckt zu mir rauf. Und dann geht er nach Hause. Einfach so.

Ich werde ganz leer. Echt, das fühlt sich an, als würden alle Flummis auf einen Schlag ausgeleert und das Feuerwerk mit einem Wassereimer gelöscht. Da ist plötzlich gar nichts mehr. Nichts, was tanzt. Nichts, was mich ablenkt. Überhaupt nichts.

So fühlt sich das also an, wenn man einen Freund verliert. Wobei ich nicht mal sicher weiß, ob Jonas ein Freund war. Er hat ja schon die ganze Zeit Geheimnisse vor mir.

»Tja, Josi. Da hast du dich aber schön anschmieren lassen«, murmle ich.

Es ist ganz klar: Jonas wurde nicht entführt. (Das war wenigstens auch nicht gelogen.) Er kennt den Lackaffen. Und er dreht die ganzen Filme in seinem Auftrag. Warum sollte der Lackaffe ihm sonst eine neue Kamera schenken, wenn seine alte kaputt ist? Und dann noch mal eine, wenn er auch diese neue zu Schrott gemacht hat?

Aber was bezwecken die dann mit den Filmen? Sollen die

Leute denken, dass es höchste Eisenbahn ist, all die verlassenen Orte abzureißen oder schick zu machen? Das ergibt doch keinen Sinn. Vor allem nicht, wenn ich dazu Geschichten erfinden soll.

»Denk nach, Josi!«

Aber da gibt es leider nichts mehr zu denken. Alles, was da ist, ist die Tatsache, dass Jonas und ich eben auch kein Team sind. Ich warte. Worauf, weiß ich nicht. Vielleicht darauf, dass die Flummis zurückkommen oder jemand das Feuerwerk anzündet. Nur, wer sollte das sein?

Ich stehe immer noch auf dem Dach herum, als unten auf der Straße plötzlich ein Höllenlärm losbricht. Da sind Trillerpfeifen und eine Trommel, und dann höre ich Kalle durch ein Megafon rufen:

»Wir brauchen es nicht schick! Wir brauchen Broiler!«

Und ein ganzer Chor antwortet: »Broiler statt Büros. Hähnchen statt Büros.«

Sie machen Ernst. Und ich stehe hier rum und blase Trübsal.

Trotzdem rühre ich mich noch immer nicht, als Papa den Kopf durch die Luke steckt.

»Josephine, wo …?«, fragt er. Da bemerkt er, was los ist und kommt zu mir.

»Was ist passiert? Habt ihr euch gestritten?«

Ich schüttle den Kopf.

»Aber Jonas ist nicht hier«, stellt Papa fest.

Ich schüttle noch mal den Kopf.

»Und wo ist er?«, fragt Papa.

Als ich mit den Schultern zucke, seufzt er.

»Nicht leicht, das Leben, was?«, fragt er.

Ich nicke, und dann stehen wir beide zusammen einfach so da.

»Josi«, sagt Papa irgendwann.

Ich gucke hoch.

»Weißt du, eine Sache habe ich von deiner Mutter gelernt. Das Leben geht immer weiter. Sie ist gegangen. Aber das Leben ist eben auch weitergegangen. Mit dir.« Er nimmt meine Hand. Dann räuspert er sich. »Also, was ich sagen will: Selbst wenn Frau Bulette den Broilergrill schließen und wir unser Dach räumen müssen ... wir finden was Neues.«

»Ich will aber nichts Neues.«

Papa drückt meine Hand. »Ich auch nicht. Aber vielleicht müssen wir das wollen.« Er denkt nach. »Ja, vielleicht müssen wir das einfach nur so sehr wollen, dass das Neue noch viel schöner wird als das Alte. Verstehst du? Wenn wir das Neue unbedingt haben wollen, dann hat es gar keine andere Wahl, als gut zu werden.«

»Wenn du meinst«, sage ich. »Musst du eigentlich nicht längst zur Arbeit?«, wechsle ich dann das Thema.

»Hab mich krankgemeldet.« Er grinst.

»Aber du bist nicht krank«, gebe ich zu bedenken.

»Nein, krank bin ich nicht«, bestätigt Papa. »Aber ein Notfall geht vor. Und jetzt Abmarsch!«

Er zieht mich zur Luke. »Noch ist der Broilergrill nicht verloren. Und so einfach geben wir nicht auf, oder?«

»Niemals«, sage ich. Und dann machen wir uns auf den Weg, um dem Lackaffen mit seinen Vermessungsleuten den Garaus zu machen.

Als wir zum Broilergrill kommen, ist da schon die Hölle los. Die Trillerpfeifen haben eine Menge Menschen angelockt. Ein paar stehen bloß rum und gucken neugierig, aber die meisten rufen laut nach Hähnchen. An der Tür haben sich die Hähnchenbrüder und die restlichen Pancakes aufgebaut, die Arme fest ineinanderverhakt. Vor ihnen steht Frau Bulette wie die Galionsfigur bei einem Schiff.

»Sie lassen uns jetzt augenblicklich durch!«, ruft der Lackaffe gerade. Vor lauter Wut ist seine Stimme ganz fistelig. Er steht Frau Bulette mit knallrotem Kopf gegenüber. Das Einzige, was aus dem Rot hervorsticht, ist ein fettes Veilchen, also ein blaues Auge. Ha, da hat ihm Manni bei der Knallersause wenigstens einen ordentlichen Haken verpasst.

Frau Bulette verschränkt die Arme vor der Brust.

»Det könnte Ihnen so passen«, kontert sie.

»Wenn Sie nicht zur Seite gehen, rufe ich die Polizei«,

kiekst der Lackaffe. Manni löst sich aus der Kette vor der Tür und macht einen Schritt auf ihn zu. Der Lackaffe zuckt zurück und hält sich schützend die Hände vors Gesicht.

»Sie können mir den Zutritt nicht ewig verweigern«, kreischt er, aber es klingt nicht mehr so überzeugt.

Er winkt dem Mann und der Frau zu und stapft wütend zu seinem Auto. Kaum ist er eingestiegen, braust er davon. Der Mann und die Frau stehen ratlos da. Wahrscheinlich müssen sie jetzt mit der Bahn zurückfahren.

Frau Bulette guckt die beiden an. »Un Sie?«, fragt sie. Die Frau zuckt zusammen. Der Mann knabbert verlegen an seinen Fingernägeln.

»Wat is. Woll'n Se 'n Kaffee?«

Das ist typisch Frau Bulette. Sie hat einfach ein gutes Herz. Und die beiden können ja auch nichts für ihren Chef.

So kommt es, dass die beiden fünf Minuten später mit Kaffee und Pommes am Stammtisch sitzen. Sie sind umringt von den Hähnchenbrüdern und Frau Bulette. Dahinter stehen Gitti, Papa, Karl, Jojo, Hannes und Schalupke. Auch draußen hat sich die Menschenmenge noch nicht verzogen. Die Demonstration geht laut und gut gelaunt weiter. Und langsam scheinen alle Hunger zu bekommen. An der Tür bildet sich eine lange Schlange.

»Ich schmeiße wohl mal die Fritteuse an«, überlege ich.

Frau Bulette sieht zu den Leuten hin. Und da wittert sie was. Trotz allem ist sie eben doch noch immer die Geschäftsfrau.

»Mach det, Josi. Du kommst ja zurecht.«

Und wie ich zurechtkomme. Papa hilft mir, und kaum ist die erste Portion Pommes heiß, rollt der Rubel. Elvis singt in Dauerschleife, weil die Tür gar nicht mehr zugeht. Überhaupt kommen da draußen immer mehr Leute. Inzwischen sind es so viele, dass ich die meisten gar nicht mehr kenne. Die wohnen nicht hier im Kiez. Aber woher wissen die denn alle, dass es hier einen Broilergrill zu retten gibt?

Der Mann und die Frau werden inzwischen von Manni Kalle und Jannis ins Kreuzverhör genommen.

»Also, dann mal raus mit der Sprache, was plant euer Chef?« Manni guckt die beiden scharf an.

Die Frau trinkt schnell einen Schluck Kaffee. Wahrscheinlich, damit sie nicht antworten muss.

»Er ist nicht unser Chef«, antwortet der Mann.

»Nicht?«, wundert sich Jannis.

»Nee, wir sind nur beauftragt, die Messungen durchzuführen.«

»Aha«, macht Kalle. »Und sonst habt ihr mit all dem nichts zu tun?«

Die Frau schüttelt den Kopf. Sie ist ganz eingeschüchtert, die Arme.

»Na, denn wolln wa det mal glauben«, sagt Frau Bulette.

Draußen wird der Lärm immer lauter. Ich weiß nicht so genau, ob die Leute, die da jetzt nach Hähnchen rufen, das machen, weil sie Hunger haben oder weil sie genau wissen, was hier auf dem Spiel steht. Aber es ist auch ganz egal.

»Da sieht man mal, wie bekannt der Broilergrill ist«, sage ich stolz zu Papa.

»Nee«, sagt ein Mädchen, das gerade auf seine Pommes wartet. »Den kennt hier keiner. Aber es kann nicht sein, dass all diese tollen alten Häuser kaputtgebaut werden. War 'ne super Idee, die Sache mit den Filmen.«

»Hä? Wie meinst du das?«, will ich wissen. Da zückt sie ihr Handy und guckt auf einmal ganz groß.

»Sag mal ... bist das du?«, staunt sie.

»Äh, ich weiß zwar nicht, was du meinst, aber ja. Ich glaube, ich bin immer noch ich.«

»Nee, im Ernst.« Sie zeigt auf meinen Turnbeutel, den ich den ganzen Morgen nicht abgenommen habe. (Ich merke meistens gar nicht mal mehr, dass ich den auf dem Rücken habe.)

»Du bist Bambule?«

»Ja, schon.« So langsam wird mir die Sache unheimlich. »Und?«

»Das ist ja knorke!« Sie guckt auf ihr Handy und wieder zu mir. »Respekt. Das ist echt cool!«

Langsam dämmert mir, dass all das, was sie hier von sich gibt, irgendwas mit ihrem Handy zu tun haben muss. Darum frage ich: »Kann ich mal sehen?«

Sie lacht, dabei habe ich doch gar keinen Witz gemacht. Aber dann schiebt sie mir ihr Handy hin.

Ein Videokanal wie der von JotZuDemO ist geöffnet. Das Profilfoto ist ein Ausschnitt aus meinem Turnbeutel. »Bambule«, flüstere ich. Und so heißt auch der Besitzer des Kanals.

Die Filme, die Jonas und ich zusammen gemacht haben, sind in der Liste. Der Märchenpark, das Freibad … Ich öffne den dritten Film.

»Das Haus der tausend Türen«, lese ich den Titel. Es ist der Film von Jonas, aber mit meiner Geschichte. Alle drei Filme sind nicht nur total oft angeguckt worden. Es haben auch viele Leute eine Nachricht hinterlassen.

Und dann ist da noch einer.

»Rettet den Broilergrill«, liest Papa. Er steht plötzlich hinter mir und guckt mir über die Schulter.

Der Film zeigt einen ganz normalen Tag im Broilergrill. Da sind Frau Bulette und die Hähnchenbrüder. Und ich, wie ich mit Überlichtgeschwindigkeit zur Tür reinkomme. Und dann sind die Pancakes zu sehen, die im Hinterzimmer proben. Ich bin auch wieder da. Und dann Gitti und Manni, die sich eine Apfeltasche teilen und sich ganz verliebt angucken Papa pfeift leise durch die Zähne.

»Na, so was«, sagt er fröhlich. »Manni, der alte Schwerenöter. Wer hätte gedacht, dass er sein Herz doch mal noch von Annemie losreißt?«

Ich jedenfalls nicht. Aber das, was dann kommt, hätte ich bis heute Morgen noch viel weniger gedacht. In der nächsten Szene kommt Schalupke zur Tür rein und drückt Frau Bulette einen Kuss auf den Mund. Dann machen die beiden sich aus dem Staub. Ha, das war also die wichtige Angelegenheit am Beauty-Donnerstag!

»Na, das wurde aber auch mal Zeit«, kommentiert Papa.

Das sieht wirklich ganz so aus. Weil Frau Bulette Schalupke anstrahlt wie ein Honigkuchenpferd.

»Also, das hättest du mir aber schon sagen können, Frau Bulette, dass du verknallt bist!«, rufe ich über den Tresen. »Aber lass Schalupke bloß nie die Fritteuse reparieren.«

Der gesamte Stammtisch lacht. (Bis auf den Vermessungsmann und die Vermessungsfrau. Die verstehen bloß Bahnhof. Und Schalupke, der lacht auch nicht. Der guckt ein bisschen verschnupft.)

»Äh«, sagt das Mädchen. »Also, was ist denn jetzt mit meinen Pommes?«

»So gut wie fertig«, sagt Papa und macht sich an der Fritteuse zu schaffen.

Ich muss zuerst den Film fertig gucken. Da sind jetzt wieder Frau Bulette und ich. Diesmal mit dem Mittwochsklatsch. Und all das hat jemand von außen gefilmt. Durch die großen Fenster.

»Jonas!«

Ganz zum Schluss, als der Film zu Ende ist, steht da: Aus dem Broilergrill sollen Büros werden. Rettet den Broilergrill!

»So, einmal Pommes extragroß«, sagt Papa und drückt dem Mädchen die Tüte in die Hand.

»Und deshalb seid ihr alle hier? Weil ihr das gesehen habt?«, frage ich sie.

Sie nickt. »Sag ich doch. Richtig gute Idee.«

»Mensch, Manni«, rufe ich, als das Mädchen gegangen ist. Karl und Jojo haben inzwischen die Fritteuse übernommen.

»Nicht schlecht, dein Kumpel«, sagt Papa.

»Aber das ist es ja. Ich weiß ja gar nicht, ob er das noch ist.«

»Tja …«, murmelt Papa. Da weiß er jetzt auch nicht weiter.

»Pommes sind aus, Josi«, ruft Jojo.

»Kommen sofort!« Ich flitze ins Hinterzimmer zur Kühltruhe. Gerade, als ich wieder nach vorne will, wird der Tumult draußen noch größer.

»Machen Sie den Weg frei«, ruft eine Stimme durchs Megafon. »Polizei. Bitte gehen Sie zur Seite.«

Polizei?! Ich lasse die Säcke mit den gefrorenen Pommes fallen und flitze durch den Perlenvorhang.

Vorne bahnen sich tatsächlich gerade zwei Polizisten den Weg durch die Leute zur Tür, in ihrer Mitte der Lackaffe!

»Au, Backe!«

»So, wer ist denn hier Frau Annemarie Bolle?«, fragt der eine Polizist, als sie es in den Grill geschafft haben.

Frau Bulette steht auf.

»Det bin icke.«

»Sie haben dem Eigentümer den Zutritt verweigert?«, fragt der andere Polizist.

»Det will ick wohl meinen«, sagt Frau Bulette.

Der Polizist guckt sich um. Dann nimmt er Frau Bulette zur Seite und erklärt leise: »Das hier ist eine unangemeldete Demonstration. So was ist verboten.« Er sagt das sehr nett, und das macht alles, was er Frau Bulette dann noch sagt, viel schlimmer, als es sowieso schon ist.

Als er fertig ist, nickt Frau Bulette, und der andere Polizist geht wieder vor die Tür und verkündet durch sein Megafon: »So, die Veranstaltung ist beendet. Bitte verlassen Sie unverzüglich diesen Ort.«

Genauso unverzüglich macht der Lackaffe sich groß, stemmt die Fäuste in die Hüften und kreischt: »Geht doch. Und jetzt wird vermessen.«

ALTE ZEITEN, EIN NEUES FEUERWERK UND EIN WUCHERPFENNIG

»Hello Josephine.«

Papa sitzt an meinem Bett und singt.

»Ich stehe nicht auf, Thorsten«, informiere ich ihn unter dem Kissen hervor.

»How do you do?«, singt er weiter.

»Schlecht!«, rufe ich. »Und musst du nicht zur Arbeit, oder bist du schon wieder krank?«

Papa hört auf zu singen. Aber er bleibt sitzen. Ich warte. Papa rührt sich nicht. Ich warte weiter. Er bleibt stur.

»Also gut.« Ich schiebe das Kissen beiseite. »Aber nur, dass du es weißt. Ich stehe nicht auf, und ich gehe nicht raus, und ich mache überhaupt nie wieder irgendwas.«

»Okay.« Papa guckt mich an. »Aber ich dachte, vielleicht willst du Annemie helfen, zusammenzupacken?«

»Nein!«, rufe ich und verstecke mich wieder unter dem Kissen. »Auf gar keinen Fall!«

Papa atmet lang und sehr schwer aus.

»Josi, du versteckst dich jetzt schon seit einer Woche. Ich weiß, dass Jonas und du euch gestritten habt. Auch wenn die Aktion mit den Filmen ziemlich toll war, wie ich finde. Und schließlich streitet sich jeder mal.«

»Na und?«, murmle ich. Toll oder nicht, Jonas hat mich trotzdem angelogen. Und ganz sicher wusste er genau, dass der Lackaffe bloß einen Grund braucht, um die Polizei zu rufen und alles endgültig kaputt zu machen.

Papa nimmt einen neuen Anlauf. »Willst du jetzt deine ganzen Ferien hier unter der Decke verbringen?«

»Ja«, sage ich entschlossen. Da seufzt Papa und schiebt etwas zu mir rein. Ein Foto.

»Was ist das?«, frage ich. Es ist zu dunkel hier drin, um was zu erkennen.

»Das soll ich dir geben. Dein Lieblingsfoto aus dem Grill«, sagt Papa. »Das, auf dem Frau Bulette solo tanzt.«

»Als die Zeiten noch wild und die Hüften noch schmal waren«, flüstere ich. Dabei kann ich ganz genau hören, wie Frau Bulette das zu mir gesagt hat, wenn wir früher das Foto angeguckt haben. Ich habe mir dann immer vorgestellt, wie das wohl war in diesen Zeiten. Ganz genau sehe ich das Bild vor mir. Ich muss es gar nicht mehr angucken, um zu wissen, was darauf ist. Frau Bulette trägt nur einen mini Glitzerfummel. Über ihrem Po sind Federn daran festgemacht. Sie sieht aus wie ein Pfau. In der Hand hält sie einen Fächer, auch aus Federn. Ein Bein schmeißt sie in die Höhe und lacht dabei so, dass die Sonne praktisch aus dem Foto herausscheint.

Und da geht plötzlich das Feuerwerk wieder an. Über eine Woche war es aus. Keine Flummis, nichts. Aber jetzt fühle ich ein winziges Kitzeln. Eine Rakete zündet in meinem Kopf. Die Frauen mit den Federfächern auf dem Deckenbild im geheimen Theater tanzen durch meine Gedanken, die alten Fotos in der Garderobe werden bunt, und auf einmal weiß ich ganz genau, was zu tun ist. Ich werfe das Kissen weg und springe auf.

»Thorsten! Ich hab's!«

Papa schaut auf. »Was hast du?«, erkundigt er sich verwirrt.

»Ich weiß, was wir machen!« Schnell erzähle ich ihm von der Geheimtür, von dem Ziegenmann und den Geistermädchen, von dem alten Ballsaal und vor allem ... von der Bühne!

Papa hört mit großen Augen zu.

»Und die Tänzerinnen auf dem Bild an der Decke, die sehen genauso aus wie Frau Bulette früher!«, beende ich meine Geschichte.

Jetzt wäre der Zeitpunkt, wo Papa mir eine Gardinenpredigt halten könnte, weil ich ihm das nicht schon längst erzählt habe. Aber er denkt gar nicht daran. Er ist Feuer und Flamme!

»Ein Tanzlokal!«, ruft er. Na, also. Er hat alles verstanden.

Papa guckt mich ernst an.

»Du weißt, dass das verboten ist, was ihr da tut?«

»Ich weiß«, gebe ich kleinlaut zu. »Aber wir wollten damit ja was Gutes machen. Dachte ich zumindest.« Und weil ich schon dabei bin, erzähle ich Papa auch gleich noch, warum Jonas und ich überhaupt keine Freunde mehr sind. Freunde verheimlichen sich nichts. Sie spielen kein falsches Spiel und sie verschwinden auch nicht plötzlich und lassen einen auf einer Baustelle im Dunkeln allein.

Papa hört mir aufmerksam zu.

»Das ist verboten«, wiederholt er, als ich fertig bin. »Aber es ist auch ganz schön gut. Und es haben ganz offensichtlich eine Menge Leute gesehen. Habt ihr den Tanzsaal auch gefilmt?«

»Ja. Aber die Kamera ist kaputtgegangen, als wir dort waren.«

»Egal. Dann muss es so gehen. Los, Josi.« Er springt ebenfalls auf. Der kaputte Bettpfosten knarzt gefährlich

»Wieso?«

»Ich habe einen Plan. Und über das kaputte Bett reden wir noch, junges Fräulein.«

Fragt mich nicht, wie er das gemacht hat, aber nur zehn Minuten später steht Papa in seiner einzigen Hose ohne Loch, einem gebügelten Hemd und einem Jackett vor mir. Und das, obwohl er zwei Sachen gleichzeitig machen musste – sich anziehen und mich in seinen Plan einweihen.

»Na, wie sehe ich aus?«, fragt er und zupft sich stolz an seinem Hemdkragen herum.

»Gar nicht mal so übel.« Ich grinse. Papa grinst zurück.

»Los geht's!«

Wir machen uns auf den Weg. Genau genommen mache ich mich auf den Weg. Papa geht zum Fahrstuhl.

»Ist kaputt!«, ruft Schalupke von unten, als er auf den Knopf drückt. Papa verdreht die Augen, und wir nehmen zusammen die Treppe. Im Erdgeschoss angekommen, will Papa weiter in den Keller.

»Die Sache ist die ...«, halte ich ihn auf.

»Josephine, wir haben jetzt keine Zeit«, sagt Papa.

»Ja, genau. Darum kannst du dir den Umweg in den Keller sparen. Dein Rad ist nicht da.«

Papa kommt zurück.

»Wie bitte?«

»Das Rad ist nicht da. Es steht noch bei dem Haus.«

Papa grummelt etwas, und wir machen uns zu Fuß auf den Weg zum Büro des Lackaffen.

Denn das ist Papas Plan. Er will dem Lackaffen einen Tausch vorschlagen. Na ja, zumindest so was in der Art.

Tanzsaal gegen Broilergrill oder so ähnlich. Warum der

sich darauf einlassen sollte, weiß ich nicht. Aber Papa ist sich seiner Sache ziemlich sicher.

Die Adresse des Lackaffen-Hauptquartiers hat Papa von dem Brief. Es ist wirklich nicht besonders weit von unserer Straße weg. Genauer gesagt, ist es sogar ziemlich um die Ecke. Und noch genauer gesagt, wird mir bei jedem Schritt, den wir uns dem Bürogebäude nähern, mulmiger. Weil ich hier schon einmal war. Es liegt nur eine Querstraße vom Haus der tausend Türen entfernt.

»Papa«, sage ich, als wir fast da sind. »Papa, vielleicht ist es besser, wenn ich hier draußen warte.«

Papa bleibt stehen.

»Warum?«

»Der Lackaffe findet es bestimmt nicht witzig, wenn ich ihm erkläre, dass ich auf seiner Baustelle war.«

Papa überlegt. »Nein, du kommst mit. Genau das muss er nämlich wissen.«

Siegessicher marschiert er voraus. Das Haus hier ist genauso alt wie das mit dem Tanzsaal. Aber von der Außenwand fehlt ein ganzes Stück. Anstelle der Mauer ist da eine dicke Glasscheibe. Durch die kann man einen großen Raum sehen. Er ist leer. Aber in der Mitte hängt ein riesiger Kronleuchter, und an der hinteren Wand sind zwei Fahrstühle. Papa öffnet die Tür, die natürlich auch aus Glas ist, und wir marschieren auf die Fahrstühle zu.

Auf einem Schild zwischen den Aufzügen steht, wer hier alles sein Büro hat. Es gibt Rechtsanwälte, eine Arztpraxis, eine Werbeagentur. Und dann gibt es noch den Lackaffen.

»M. Wucherpfennig, Arbeiten und Wohnen«, lese ich.

»Passender kann man nicht heißen, was?«, murmelt Papa und drückt auf den Fahrstuhlknopf.

Die Türen gehen leise auf. Wir betreten die an allen vier Seiten verspiegelte Kabine, und als der Fahrstuhl anfährt, merke ich es gar nicht. Bloß an dem Licht, das auf der Anzeige von Stockwerk zu Stockwerk springt, ist zu erkennen, dass wir uns bewegen.

»Wenn das Schalupke sehen könnte«, sage ich.

Papa lacht. »Das können wir ihm nicht erzählen. Der Arme kriegt einen Nervenzusammenbruch.«

Das Licht springt auf die Vier, und die Türen gleiten auseinander. (Wenn ich doch mal irgendwann ein Raumschiff habe, dann baue ich solche Türen ein!)

»Dann wollen wir mal«, sagt Papa.

Gegenüber vom Aufzug ist wieder keine Wand, sondern nur Glas mit einer Tür darin. Papa öffnet sie.

Wir stehen in einem großen Empfangsraum mit einem schwarzen Tresen. Wow! Hinter dem Tresen sitzt eine Frau, aber das Ding ist so hoch, dass man nur den oberen Teil ihres Kopfes sieht. Ihre Haare sind so schwarz wie ihr Arbeitsplatz.

Papa tritt an den Tresen.

»Entschuldigen Sie«, sagt er. Dabei lächelt er sein schmalzigstes Pancake-Lächeln. Das hat er einfach raus, das wirkt immer. Glaube ich zumindest. Sehen kann ich das Gesicht der Frau nämlich immer noch nicht.

»Wie kann ich Ihnen helfen?«, fragt sie.

»Ich möchte zu Herrn Wucherpfennig«, erklärt Papa, als sei das das Romantischste, was er sich vorstellen könnte.

Die Frau kichert. Dann fragt sie: »Haben Sie einen Termin?«

Papa fährt sich durch die Haare und guckt dann ganz schüchtern auf seine Hände. (Taktik! Alles Taktik!)

»Nein, also, noch nicht. Ich hatte gehofft, dass Sie mir da weiterhelfen können.«

Die Frau kichert wieder. Aber dann hört sie mit einem Schlag auf, als hätte sie sich verschluckt.

»Tut mir leid, da kann ich nichts für Sie tun«, sagt sie in einem Ton, als hätte Papa ihr gerade gesagt, dass ihre Haarfarbe furchtbar hässlich ist. Dann dreht sie sich um und würdigt ihn keines Blickes mehr.

»Äh«, macht Papa verdutzt.

Ups. Das ist ja ungefähr so gut gelaufen wie mit Sofia. Also Plan B. Ich wusste bis gerade nicht, dass es den gibt, aber Papa wohl schon. Er klopft mit der Faust auf den Tresen, als wollte er sagen: Na gut, ich habe es versucht.

Dann dreht er ab und geht schnurstracks auf die einzige Tür zu, die es hier außer der Fahrstuhltür noch gibt.

»He!«, ruft die Frau und springt auf.

Hui, die sieht ja sogar aus wie Sofia, bloß eben mit schwarzen Haaren, nicht mit braunen. Auf unglaublich hohen Stelzen stöckelt sie Papa nach. Aber der ignoriert sie einfach und öffnet die Tür. Jetzt oder nie! Ich flitze los, an der Schwarzhaarigen vorbei, unter Papas Arm hindurch, mit dem er die Tür aufhält, und geradewegs in den Raum dahinter. An ein paar Schreibtischen sitzen Leute, die mich komisch angucken.

»Hallo«, sage ich freundlich.

Ein Mann winkt mir lächelnd zu.

Papa kommt mir nach. »Da lang, Josephine.«

Am Ende dieses Raums ist eine weitere Tür, nicht aus Glas diesmal, sondern aus schwarzem Holz. Papa öffnet sie, ohne anzuklopfen, und lässt mich vorgehen.

»Hallo«, sage ich wieder, aber gleichzeitig grimmig. M-Punkt Wucherpfennig, der Lackaffe, sitzt vor mir an einem riesigen (natürlich schwarzen) Schreibtisch.

»Äh«, sagt er, als die Schwarzhaarige hereingestürmt kommt und sich wortreich entschuldigt, von wegen sie hätte alles versucht, uns aufzuhalten und so weiter. Dabei wirft sie Papa einen wirklich finsteren Blick zu.

»Schon gut, Madlen«, sagt M-Punkt Wucherpfennig. Jetzt

kiekst er nicht mehr wie im Grill, und irgendwas klingelt da plötzlich in meinem Hinterkopf.

Der Wucherpfennig wendet sich Papa zu. »Womit kann ich dienen?«

»Wir sind gekommen, um Ihnen einen Tausch vorzuschlagen.« Papa richtet sich groß auf und verschränkt die Arme vor der Brust.

»Entschuldigen Sie, was bitte?«, fragt M-Punkt.

»Sie machen hier alles kaputt!«, platze ich heraus. »Sie wollen alles schick machen und uns den Broilergrill wegnehmen. Aber wir mögen es gar nicht schick. Wir wollen bloß, dass alles so bleibt! Weil Sie überhaupt keine Ahnung von unserem Kiez haben! Und sie benutzen sogar Kinder, um alles zu kriegen, was Sie haben wollen!«

Papa legt seine Hand auf meine Schulter.

»Ruhig, Josi«, raunt er mir zu. Zum Wucherpfennig sagt er: »Sie wissen, wovon die Rede ist?«

Der lehnt sich gemütlich in seinem Stuhl zurück. »Sie sind aber nicht zufällig wegen Sofia gekommen?«

Dann hat Sofia ihm also einiges erzählt.

Papa ballt die Hände zu Fäusten.

»Ich bin hier, weil Sie unser Viertel kaputt machen werden«, sagt er seelenruhig. »Wir könnten uns wehren, das wissen Sie. Da können Sie noch so oft mit der Polizei aufmarschieren.«

Ich nicke heftig zu Papas Worten.

»Aha, und wie wollen Sie das tun?« M-Punkt ist nicht sonderlich beeindruckt.

»Indem wir zum Beispiel an die Öffentlichkeit gehen.«

M-Punkt Wucherpfennig richtet sich auf.

»Ach, und womit? Dass ich rechtmäßig ein paar Häuser gekauft habe und diese instand setze?«

Als er »rechtmäßig« sagt, klingelt wieder was bei mir.

»Instand setzen, ja?« Papa stützt sich auf dem Schreibtisch ab und starrt den Wucherpfennig an. »Dann wollen wir doch mal sehen, wie es den Leuten gefällt, dass Sie einfach nur etwas instand setzen.«

»Rechtmäßig«, murmle ich. Es klingelt noch mal irgendwo in meiner Erinnerung. Da war doch irgendwas. Was war das bloß?

Papa geht inzwischen um den Schreibtisch herum, schiebt M-Punkt auf seinem Rollsessel ein Stück beiseite und macht sich am Computer zu schaffen, als sei er hier zu Hause.

»Bitte schön«, sagt er und schiebt den verdutzten Wucherpfennig wieder zurück. »Wenn Sie mal gucken möchten?«

Der guckt.

»Was soll das sein?«, fragt er nach einem kurzen Augenblick.

»Das«, sagt Papa und klickt mit der Maus herum, »sind Filme. Filme von verlassenen Orten. Und, was noch viel interessanter ist, Filme von Baustellen. Wie Sie sehen, hat dieser Kanal eine Menge Fans. So Leute wie die, die Sie letzte Woche am Broilergrill kennengelernt haben.« Papa macht eine kurze Pause und tut so, als würde er nachdenken. »Also, was würden Sie davon halten, wenn hier noch ein paar Filme dazukämen? Zum Beispiel einer, der zeigt, wie Sie letzte Woche mit der Polizei bei uns vorbeigekommen sind? Vielleicht werden dann noch mehr Leute wütend.«

Der Wucherpfennig starrt Papa an. Papa starrt zurück.

»Wollen Sie mich erpressen?«, fragt M-Punkt. Dann steht er auf. »Raus! Auf der Stelle.«

»Rechtmäßig«, murmle ich wieder. Was war da denn bloß?

Rechtmäßig bedeutet, dass man im Recht ist. Das, was man macht, ist also erlaubt. Aber woran erinnert mich das?

Papa setzt sich betont lässig auf die Schreibtischkante. Er blufft so gut, da glaube selbst ich beinahe schon, dass es einen Film von der Demonstration gibt.

»So würde ich das nicht nennen«, sagt Papa. »Ich würde eher sagen, eine Hand wäscht die andere.« Er lächelt so nett wie vorhin bei der Empfangsdame.

»Ja, ja«, sagt der Wucherpfennig. »Vergessen Sie es.«

Und da weiß ich es plötzlich! Rechtmäßig! Das war es! Das hat der Mann im Keller gesagt. Und der andere hat geantwortet, es wäre ihm egal, wenn da irgendwas nicht rechtmäßig wäre. Und dieser andere hat mit Wucherpfennigs nicht-kieksiger Stimme gesprochen. Im Keller klang sie dumpfer. Aber er ist es, ganz sicher!

»Sie bauen ohne Genehmigung!«, rufe ich. »Ich habe Sie gehört. Sie haben das gesagt, unten im Keller!«

M-Punkt Wucherpfennig starrt mich an.

»Was hast du gesagt?«, fragt er sehr langsam.

»Ich habe Sie gehört. Auf der Baustelle eine Straße weiter. Im Keller«, erkläre ich wütend. »Sie haben gar keine Genehmigung.«

M-Punkt lehnt sich zurück.

»Ist das Ihre Tochter?«, fragt er Papa.

»Das will ich doch meinen«, gibt Papa zurück.

»Das ist gut. Denn ich werde Sie dafür verantwortlich machen, dass Ihr Gör meine Baustelle unbefugt betreten hat. Zumal sie das, was sie da soeben von sich gegeben hat, ja wohl kaum beweisen kann.«

»Doch! Ich habe Sie gehört!«, rufe ich.

»Na, das kann aber doch jeder behaupten«, sagt der Wucherpfennig und lächelt mich an wie ein Frettchen. Dann dreht er sich wieder Papa zu. »Also, was meinen Sie? Wäre es nicht besser, Sie verschwinden, und wir beide hören nie wieder von der frechen Behauptung Ihrer Tochter?«

Papa denkt noch über eine Antwort nach, und ich habe alle Hände voll damit zu tun, nicht vor Wut zu platzen, als die Tür aufgeht.

»Das ist keine Behauptung!«

Jonas! Er grinst mich schief an und sieht überhaupt nicht aus wie ein Verräter. (Na, wenn der kein schlechtes Gewissen hat …) Dann kommt er herein und baut sich vor dem Schreibtisch auf. Wow, also, das ist mal ein Auftritt, da kann sich Captain J eine Scheibe abschneiden.

»Josi sagt die Wahrheit. Und ich kann es beweisen.«

Er hebt die Hand. Darin hält er ein blaues Plastikstück.

»Jonas!«, sagt der Wucherpfennig.

Jonas geht nicht darauf ein. »Das hier ist die Speicherkarte der kaputten Kamera. Da ist alles drauf. Auch dein Gespräch über die Genehmigung.«

Dein Gespräch? Das wird ja immer merkwürdiger.

»Jonas«, sagt der Wucherpfennig. »Gib das her. Es ist ja ganz nett, dass du dir deine Zeit mit diesem Internetkram vertreibst, aber das geht zu weit.«

Jonas kneift die Augen zusammen. »Nett?« Er steckt die Speicherkarte in die Hosentasche. »Nett ist, wenn man nicht immer nur Geschenke macht, statt da zu sein. Und nett ist, wenn man nicht immer alles kaputt macht. Und nett ist vor allem, wenn man nicht der eigenen Familie die Wohnung unter dem gebrochenen Bein wegrenoviert, Papa.«

Unter dem gebrochenen Bein? Und vor allem … Papa?

»Äh … der Lackaffe ist dein Vater?«

Jonas dreht sich zu mir um.

»*Neeeeiiiiin*«*, macht er einen Ruf nach und grinst.

»Hä?«

»Äh, 'tschuldigung«, sagt Jonas. »War wieder so 'n Filmding.« Er zieht die Augenbrauen zusammen. »Jedenfalls: ja. Das hier ist mein Vater. Und glaub bloß nicht, dass ich darauf stolz wäre.«

Er guckt seinen Vater nicht an. Lieber nimmt er meinen. (Kann ich verstehen.)

»Herr ... ähm.« Er stockt.

»Pfannkuch«, sagt Papa. »Aber du kannst mich Thorsten nennen.«

»Ja, klar«, murmelt Jonas mit einem Gesicht, als hätte er gerade eine Lösung für alle Probleme dieser Welt gefunden. (Genau, dieser Welt. Was weiß denn ich, was die ganzen anderen Planeten da draußen für eigene Probleme haben?) »Pancakes, Pfannkuch ... Das ergibt Sinn.« Jonas schiebt seine Mütze zurecht. »Also, Herr Pfannkuch. Wie war das mit eine Hand wäscht die andere?«

Er hat gelauscht!

Papa richtet sich auf der Schreibtischkante wieder ein Stückchen auf.

»Ja, also. Erstens: Du sollst mich doch Thorsten nennen. Und zweitens: Josi, erzähl dem Herrn Wucherpfennig doch

* Das hat Jonas natürlich von Luke Skywalker geklaut. Der ist ein guter Freund von Yoda.

mal, wie das in Zukunft mit seiner Instandsetzung so gehen wird.«

»Das ist ganz einfach. Sie können den Broilergrill gerne haben.«

»Das ist aber freundlich«, sagt Jonas' Vater und lacht giftig. »Er gehört mir ja schon.«

Ich tue so, als hätte ich das gar nicht gehört.

»Aber wir wollen dafür das Theater hinter der Geheimtür.«

»Das was?«, fragt der Wucherpfennig.

»Das alte Ballhaus«, erklärt Jonas.

Ballhaus? Das klingt ja schön!

»Ich weiß nicht, wovon ...«, beginnt der Wucherpfennig.

»Du weißt ganz genau, wovon Josi spricht, Papa«, unterbricht Jonas ihn.

»Ich kenne keine Geheimtür«, versucht sein Vater es noch mal. Aber Jonas bleibt so cool wie eine ganze Packung Eiswürfel.

»Du kennst die Geheimtür nicht. Aber den Haupteingang.« Er zieht die Speicherkarte wieder hervor und wedelt damit in der Luft herum. »Also. Überleg es dir.« Er senkt die Stimme und tut so, als wäre er heiser. »*Das ist ein Angebot, das du nicht ablehnen kannst.*«* Papa lacht. Was gibt es denn da zu lachen?

* Schon wieder so ein Filmding. Jonas kann einfach nicht anders. So ähnlich sagt das Marlon Brando als »Der Pate«.

Und M-Punkt Wucherpfennig aka der Lackaffe aka Jonas' Vater? Der kann wohl gerade nicht begreifen, dass das wirklich sein Sohn ist, der da vor ihm steht. Er lehnt sich weit in seinem Stuhl zurück.

»Nicht schlecht, Junge«, sagt er. Es klingt nicht gerade wie ein Lob. »Wirklich nicht schlecht. Aber du hast eindeutig zu viel von deiner Mutter. Die rennt auch immer da hin, wo es gerecht zugeht.« Jetzt wendet er sich wieder mir zu. »Also, was soll das werden?«

Ich brauche nicht lange zu überlegen.

»Na, ist doch klar. Bolles Ballhaus soll das werden!«

EIN DREI-ZU-EINS, EIN HAPPY END UND HASTA LA VISTA!

Tja, was soll ich sagen? Genau das wird es. Und zwar heute.

Jonas' Vater musste am Ende einsehen, dass er ziemlich schlechte Karten hat. Ein Drei-zu-Eins ist eben eindeutig, da kann man nichts machen. Also hat er dem Tausch zugestimmt. Und wir sind jetzt ganz offiziell Mieter des alten Theaters. Eigentlich sind es nur Papa und Frau Bulette. Aber ohne mich wird das sowieso nichts, also bin ich sozusagen Teilhaberin ohne Geld, aber dafür mit Durchblick.

Den brauche ich auch, weil hier sonst gar nichts klappen würde. M-Punkt Wucherpfennig (Das M steht übrigens für Mike. Hat mir Jonas verraten.) hat vor drei Wochen zugestimmt, dass Frau Bulette das Ballhaus bekommt, ab da ging alles drunter und drüber.

Zuerst mussten wir Frau Bulette von ihrem Glück erzählen. Dabei ist sie gleich zwei Mal in Ohnmacht gefallen. (Das muss jetzt mal wieder aufhören!) Seitdem freut sie sich wie

Bolle (Ja, genau!). Sie singt ununterbrochen und schwingt das Hüftgold dazu.

Dann haben wir natürlich sofort angefangen, Pläne zu schmieden. Aber Frau Bulette, Papa und alle anderen kannten das Ballhaus ja noch gar nicht. Darum mussten wir noch mal zu Mike, dem Lackaffen. Jonas und ich wären auch einfach so durch die Geheimtür, aber wir konnten Frau Bulette ja schlecht rückwärts mit Räuberleiter durchs Kellerfenster bugsieren. Also hat Jonas' Vater uns den Haupteingang aufgeschlossen, der hinter dem Gerüst versteckt lag. Wir haben ihn gefragt, was er mit dem Theater eigentlich vorhatte. Zuerst wollte er es nicht zugeben, aber dann hat er doch erzählt, dass er es abreißen wollte. Das wäre sowieso nicht gegangen, denn dafür hatte er ja keine Genehmigung.

Frau Bulette jedenfalls war ganz aus dem Häuschen, als sie das Theater gesehen hat. Und ich auch. Jonas' Vater hatte die Fensterläden an der Hofseite aufgemacht, und im Sonnenlicht sieht das Gemälde noch tausendmal toller aus. An den Wänden zwischen den Fenstern hängen lauter alte Spiegel. Die Lampen über den Spiegeln sind zum Teil kaputt, aber die kriegen wir schon wieder hin, sagt Schalupke. (Oje!)

Als alle im großen Saal waren, habe ich mich heimlich davongeschlichen – ins Treppenhaus. Da habe ich dem Ziegenmann und den drei Geistermädchen Hallo gesagt. Die sahen kein Stück mehr unheimlich aus.

Seitdem haben wir alle Hände voll zu tun. Jede freie Minute verbringen Papa, die Pancakes, die Hähnchenbrüder (und manchmal auch Karim), Schalupke, Gitti, Jonas und ich im Ballhaus. Und heute ist es so weit: Bolles Ballhaus wird eröffnet.

»Achtung, Josi!«

Manni kommt mit einem Stapel Stühle herein. Hinter ihm schleppen die Pancakes einen Tisch und noch mehr Stühle.

Ich rutsche mit der Leiter ein Stück zur Seite, natürlich ohne abzusteigen.

»Ipft epf hier ripftig?«, frage ich durch den Hammer, den ich mit den Zähnen festhalte. Frau Bulette, die am Fuß der Leiter steht, wiegt den Kopf hin und her.

»Vielleicht noch 'n kleenet Stückchen höher.«

Ich schiebe das Bild etwas nach oben.

»Un jetze noch mehr rechts. Ja, jut. Da muss et hin.«

Ich male mit dem Bleistift ein Kreuzchen und reiche Frau Bulette das Bild, damit sie es hält, solange ich den Nagel in die Wand schlage. Das ist das letzte. Jetzt muss man, wenn man durchs Treppenhaus geht, nicht nur unter dem Ziegenmann und den drei Geistermädchen durch, sondern auch an Frau Bulettes Vergangenheit vorbei. Und hier passt sie um einiges besser hin als in den Broilergrill.

Der allerdings passt ziemlich gut über die Bar im Tanzsaal. Dort haben wir eine Fotogalerie gemacht. Alle haben dafür zu Hause ihre Fotoalben durchsucht, und jetzt gibt es eine ganze Wand mit Fotos aus dem Broilergrill. Das neueste hat Jonas geknipst. Gestern. Wir gucken alle ein bisschen bedröppelt, weil Frau Bulette den Grill ein letztes Mal zugesperrt hat. »Drei Monate halt ick det nich aus, det is mir zu traurig«, hat sie gesagt. »Ick will nu nur noch in mein Ballhaus.«

Und da waren wir alle einverstanden.

»Perfekt.« Frau Bulette wischt sich die Hände an der Kittelschürze ab. Es ist das letzte Mal, dass sie die anhat, hat sie heute Morgen verkündet. In Bolles Ballhaus wird es nämlich schick zugehen. Da muss mindestens das Kleid von der Knallersause her.

Ich klettere von der Leiter. Kalle kommt gerade mit einer riesigen Ladung Getränke an.

»Wohin?«, fragt er.

»Stell se an die Bar, ick komme«, weist Frau Bulette ihn an. Damit schwingt sie das Hüftgold Kalle nach in Richtung Ballsaal.

Ich mache mich auf den Weg hinter die Bühne. Dafür muss man nicht durch den Saal. Es gibt einen Flur, der außen am Tanzsaal entlangführt. Über den kommt man nicht nur nach oben in eine kleine Galerie, die auf halber Höhe an der Wand des Tanzsaals hängt. Man kann auch über eine andere Treppe runtersteigen zu der Garderobe, durch die ich letztes

Mal geflüchtet bin. Nicht nur Türen, auch Treppen gibt es hier reichlich! Die anderen Türen sind auch solche Garderoben. Aber die mittlere ist eindeutig die schönste. In der wartet Papa sicher schon auf mich. Und nicht nur er.

Jonas steht bei ihm, als ich zur Tür reinkomme.

»Mach schnell wieder zu«, sagt er.

»Logisch«, antworte ich. Frau Bulette soll schließlich nicht mitkriegen, was wir hier treiben.

»Hast du ihn?«, frage ich.

Papa zieht ein weißes Kästchen hervor. »Jonas, du stehst Schmiere. Josephine, du hilfst mir.«

In Windeseile montieren wir das Kästchen über der Tür an die Wand.

»Frau Bulette wird Augen machen, Thorsten.«

»Und wie«, sagt Papa. »Und ich heiße immer noch Papa.«

Der Rest des Tages vergeht wie im Flug. Vielleicht liegt es daran, dass wir alle so aufgeregt sind. Aber vielleicht ist dieses Theater hier eben doch auch ein kleines bisschen verwunschen. Jedenfalls ist auf einmal alles geschafft, und Frau Bulette steht in ihrem Elvis-Gedächtnis-Kleid an der Eingangstür und legt die Hand auf den Türgriff. Wir alle stehen hinter ihr. Ich glaube, sie zittert ein wenig. Ich auch.

Frau Bulette gluckst vor lauter Glück. Dann öffnet sie die Tür und lässt ihre Gäste herein.

»Wow!«, platzt Papa heraus, als er sieht, wie viele Leute da im Innenhof unter den bunten Lampions und rund um die jetzt wieder Wasser speiende Meerjungfrau stehen und darauf warten, einzutreten.

»Da staunst du, was Thorsten?« Jonas grinst stolz. Kann er ja auch sein. Und ich bin es auch.

Zusammen mit Jannis haben wir richtig tolle Plakate gemacht und sind garantiert einmal durch die ganze Stadt gefahren, um sie aufzuhängen. Aber die meisten Leute hat unser Film angelockt. Jonas hat alles bis zur Geheimtür gelöscht, das hatten wir seinem Vater ja versprochen. Der Film beginnt jetzt damit, dass wir die Geheimtür öffnen. Er endet, als Jonas die Kamera runterfällt. Und danach hört man mich sagen: »Ihr wollt wissen, wie es mit dem geheimen Theater weitergeht? Na, dann kommt doch einfach vorbei. In Bolles Ballhaus!«

Dazu hat Jonas das Schild, das seit Kurzem draußen an der Straße über dem Eingang zum Innenhof hängt, abgefilmt.

Den Film haben so viele Leute gesehen, dass ich es gar nicht glauben konnte. Papa kann es auch nicht glauben. Er ist auf einmal ganz grün im Gesicht. Kein Wunder, er muss ja gleich mit den Pancakes auf die Bühne.

»Das ist ganz einfach, Thorsten. Mach einfach ein bisschen Bambule.«

»Mhm«, sagt Papa bloß, und auf einmal wechselt seine Gesichtsfarbe von Grün zu Rot.

Oje, diesen Blick kenne ich. Sofia ist da. Ich gucke mich im Hof um. Aber ich kann sie nirgends entdecken.

»Hallo Mama«, sagt Jonas da. Er begrüßt eine Frau, die gerade erst angekommen ist. Sie schiebt Oma Hunger in einem Rollstuhl vor sich her.

»Hallo, mein Großer«, sagt die Frau und drückt Jonas.

»Mama!«, beschwert der sich.

»Oh, entschuldige.« Sie lacht. »Hatte ich ganz vergessen.« Sie guckt sich um, dann kommt sie zu mir. »Du bist doch ganz sicher Josi!«

»Bin ich«, sage ich.

»Freut mich, dich kennenzulernen.« Sie lächelt, und das ist, als ob die Sonne aufgeht. Mensch, Manni, ist die hübsch! Ob das an all dem gesunden Essen liegt? Aber was hat die denn bloß an dem Wucher-Mike gefunden?

»Und Sie sind Herr Pfannkuch?« Sie guckt Papa an.

Ich gucke Papa auch an. Und da fällt der Groschen.

»Ja, das ist Thorsten, mein Papa«, sage ich schnell, weil Papa sowieso keinen Ton rauskriegen wird. »Aber er hat jetzt keine Zeit. Er muss nämlich gleich auf die Bühne.«

Jonas' Mutter guckt sehr interessiert. Wie praktisch!

Ich schiebe Papa von der Tür weg nach drinnen. Im Treppenhaus kommt mir schon Hannes entgegen.

»Mensch, Thorsten, da bist du ja«, ruft er. »Wo bleibst du denn?«

»Er hat sich gerade verknallt«, sage ich.

Hannes wirft einen Blick über meinen Kopf hinweg zum Eingang und stößt einen Pfiff aus. »Mit Recht, will ich meinen.«

Ich übergebe Papa an ihn und folge den beiden die Treppe hinauf.

Kalle und Jannis heben Oma Hunger in ihrem Rollstuhl hoch und bringen sie ebenfalls nach oben.

»Oh, was für ein schönes Bild«, sagt Jonas' Mutter hinter mir.

»Stimmt«, antwortet Jonas. »Ein Satyr.«

Bitte, was ist das? Und überhaupt, Jonas weiß mehr über den Ziegenmann? Das ist ja mal wieder typisch.

»Und schau, er stellt den Mänaden nach«, lacht Jonas' Mutter. Er lacht auch.

»Satyr«, murmle ich. Das werde ich rausfinden. Ist ja nicht so, dass bloß Jonas schlau ist. Nein, absolut nicht.

Oben an der Saaltür halte ich ihn zurück, bevor er eintreten kann.

»Was ist?«, fragt er.

Ich nehme den Turnbeutel ab und hole die Kamera daraus hervor.

»Die gehört dir.«

Jonas betrachtet sie. »Vom Dach gefallen, was?«

Ich grinse. »Aber geglaubt hast du es.«

Jonas startet die Kamera. *Pling*, macht sie.

»Hunger passt übrigens viel besser zu dir als Wucherpfennig«, sage ich. »Und deine Mutter besser als dein Vater.«

Da grinst Jonas auch.

Auf der Bühne zählt Jojo gerade mit seinen Schlagzeugstöcken den Takt ein, dann geht er los, der erste Abend von Papas neuem Job. Ja, so ist das nämlich. Die Pancakes werden ab jetzt jedes Wochenende in Bolles Ballhaus auftreten. Und was Neues haben sie auch geprobt. Mal sehen, wie Papas eigener Song bei den Elvis-Fans landet. Ich finde ihn jedenfalls tausendmal besser. Wie es aussieht, hat sich auch ihr Fanclub um einige Leute vergrößert.

Falls jemand von denen noch nicht wusste, was eine Knallersause ist: das hier. Und zwar in echt. Dieser Abend ist die beste Sause, die ich je erlebt habe.

Ganz spät, als nur noch der harte Kern und Jonas' Mutter da sind, sitze ich neben dem Flamingo auf der Bühne und gucke nach oben zu der Tanzgesellschaft von früher. Da kommt Frau Bulette und hockt sich neben mich, was in ihrem Kleid wirklich nicht ganz einfach ist.

»Brause?« Sie hat zwei Flaschen rote Limonade dabei und hält mir eine hin. Wir trinken einen Schluck.

»Na, wat meenste, Josi«, raunt Frau Bulette mir zu. »Ob ick wohl jelejentlich ooch 'n bisschen Theater hier im Ballhaus zeijen könnte? Ick meene, so mit echte Schauspieler?« Sie guckt zu Jonas' Mutter rüber.

»Ja, ich denke schon, Frau Bulette«, gebe ich zurück. »So ein bisschen Theater wäre ganz sicher nicht verkehrt.«

Dann sitzen wir und gucken zusammen vor uns hin. Plötzlich seufzt Frau Bulette. Ich überlege, ob wohl wieder Ohnmachtsgefahr besteht, diesmal wegen des Kleids. Aber Frau Bullette guckt ganz glücklich.

»Bolles Ballhaus is wunderschön jeworden«, sagt sie. »Ganz wie in die alten Zeiten.« Sie lächelt noch eine Weile vor sich hin. Dann flüstert sie: »Und sojar mit mein' Elvis aus 'm Broilergrill in der Jarderobe. Alle Achtung, Josi!«

Happy Ending (Das ist ein Song von Elvis!)
Hasta la vista, Baby! (Noch so ein Filmding*,
da müsst ihr Jonas fragen.)

* Mensch, Manni. Das ist aus *Terminator*. Jonas sagt, dass ich den nicht kenne, ist total klar.

Det Beste kommt zum Schluss, findet Frau Bulette. Und darum will sie noch schnell was loswerden, bevor ihr das Buch zuklappt. Los geht's! Frau Bulette?

»Wat, ick? Jut, also, denn. Ick bedanke mir bei Matthias aus Berlin. Is ja nich so, dass ick nich ooch alleene reden könnte, wie ma der Schnabel jewachsen is. Aber der Matthias, der hat noch mal mit Adleraugen druffjesehen, ob ick ooch keen' Kokolores erzähl. Is ja allet nich so einfach uff Berlinerisch, wa? Also, danke schön.«

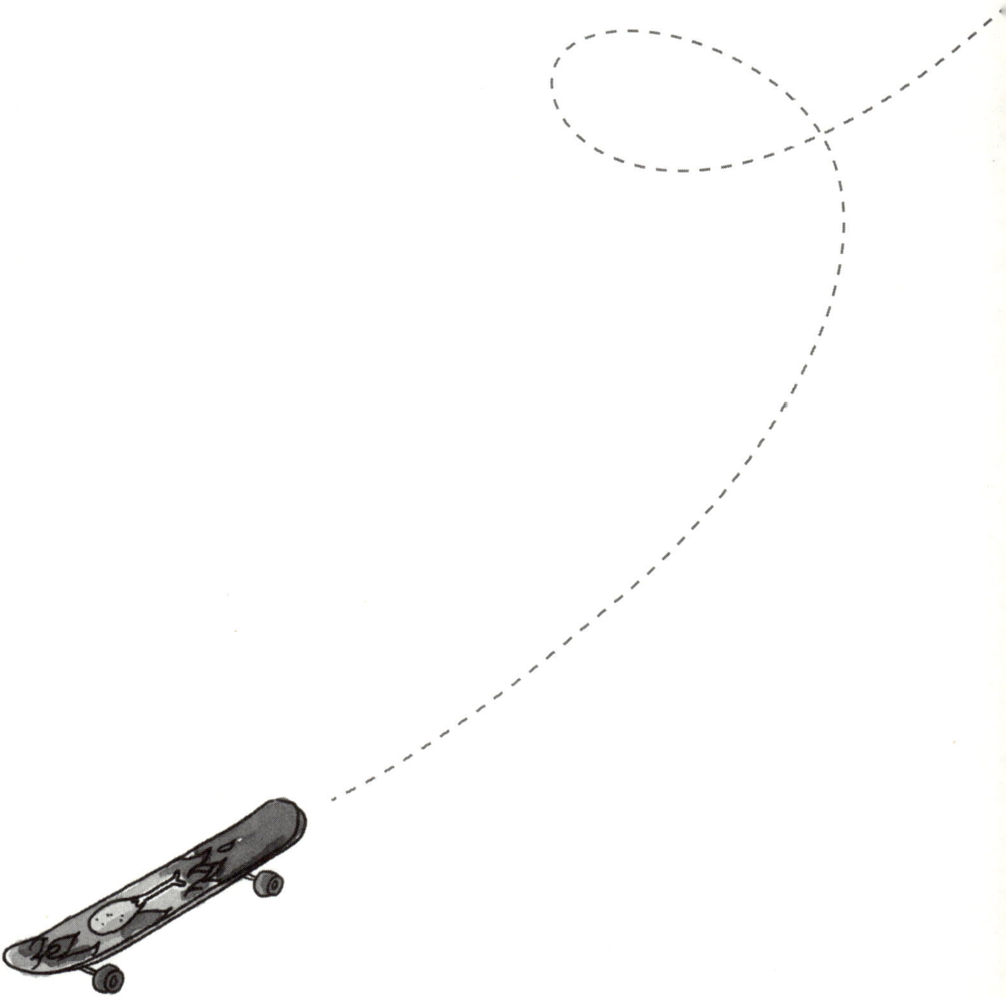

Marmon, Uticha:
Josis wilde Welt – Mit Skateboard und Spion auf geheimer Mission
ISBN 978 3 522 50613 7

Umschlaggestaltung und -typografie: Laura Rosendorfer
Innentypografie: Eva Mokhlis, Swabianmedia, Stuttgart
Reproduktion: DIGIZWO GbR, Stuttgart
Druck und Bindung: GGP Media GmbH, Pößneck

MIX
Papier aus verantwortungsvollen Quellen
FSC® C014496